作者在山海关长城老龙头

江山又报呈碧色
祥符再续新篇章

作者书法作品《祥符》

闲来无事不从容　睡觉东窗日正红
万物静观皆自得　四时佳兴与人同
道通天地有形外　思入风云变态中
富贵不淫贫贱乐　男儿到此是豪雄

作者书法作品《秋日偶成》

作者书法作品《格物致知》

过刊十卷说信陵神韵 文苑傲霜稠红我从信陵分春色生活常年满激情

新春贺信陵诗刊 师芳

作者书法作品《信陵诗刊》

平凡之中的伟大追求平静之中的满腔热情平常之中的强烈责任感 与展工同志倡导的三平精神 郭芳

作者书法作品《三平精神》

一山拔地冠古今百里逶迤腰缠
云三条玉带走清泉七十二峰挺
绿针金碧辉煌庙中嶽橕芽高驮
寺少林你心最是峻极处抖落恩
怨始见真 自作诗 再望嵩山 郭芳

作者书法作品《再望嵩山》

地平线

韩 芳 ◎ 著

中国国际广播出版社

图书在版编目（CIP）数据

地平线 / 韩芳著 . —北京：中国国际广播出版社，2022.12
ISBN 978-7-5078-5305-6

Ⅰ.①地… Ⅱ.①韩… Ⅲ.①中国文学－当代文学－作品综合集 Ⅳ.① I217.1

中国版本图书馆 CIP 数据核字（2022）第 241236 号

地平线

著　　者	韩　芳
责任编辑	屈明飞
校　　对	吴光利
装帧设计	有　森

出版发行	中国国际广播出版社有限公司［010-89508207（传真）］
社　　址	北京市丰台区榴乡路 88 号石榴中心 2 号楼 1701 邮编：100079
印　　刷	北京华强印刷有限公司

开　　本	710×1000　1/16
字　　数	198 千字
印　　张	11.75
版　　次	2022 年 12 月　北京第一版
印　　次	2022 年 12 月　第一次印刷
定　　价	58.00 元

版权所有　盗版必究

一、古体诗词

再望中岳 / 2
题云台山 / 2
游张家界 / 2
登黄山 / 3
红 安 / 3
井冈山 / 3
嘉 兴 / 4
延 安 / 4
韶 山 / 4
淮 安 / 4
开封少奇纪念馆 / 5
香 港 / 5
读鲁迅 / 5
海滨浴场 / 5
刘公岛 / 6
一○七国道急雨 / 6
黄河杏花 / 6
雨中黄河大桥 / 6
夜 读 / 7

灯 下 / 7
校园漫步 / 7
看杏花 / 8
给献青同学 / 8
谒范仲淹墓 / 8
过二程故里 / 9
访白园 / 9
宿九龙山庄 / 9
游重渡沟 / 9
悼梁松山先生 / 10
过张家界 / 10
禹王台赏菊 / 10
嵩山行 / 11
三一○国道河南段 / 11
咏 月 / 11
郑汴一体化 / 11
茉莉花 / 12
黄 河 / 12
开封城墙 / 12

拜林散之艺术馆 / 12
十年校长感悟 / 13
朱仙镇岳飞庙 / 13
雪落黄河 / 13
写 怀 / 14
致献青 / 14
开封观菊 / 14
学 习 / 15
初 雪 / 15
桃 花 / 15
翻旧作 / 15
再读鲁迅 / 16
过少林寺 / 16
过羑里城 / 16
过华清池 / 17
泉 水 / 17
宜阳灵山 / 17
故 乡 / 17
病 中 / 18
赠令更兄 / 18
贺《信陵诗刊》十年刊庆 / 18
过张家港 / 18
咏 月 / 19
观 海 / 19
花果山 / 19
函谷关 / 20
过岳飞庙 / 20

骊 山 / 20
洛 阳 / 20
毕业赋 / 21
美人蕉 / 21
诗五首 / 21
和田玉 / 22
汴梁遇雪 / 22
朱仙镇赋 / 22
争为四化育人才 / 23
杭 州 / 23
苏 州 / 23
深 圳 / 23
致文友 / 24
雨中南京 / 24
参观陈独秀纪念馆 / 24
致令更兄 / 24
观 潮 / 25
痛悼恩师宋景昌先生 / 25
过龙门 / 25
冬咏月季花
　　——和温少举《咏月季花》诗一首 / 25
观书有感 / 26
潭柘寺松
　　——献给老师秦英君教授 / 26
忆宋景昌教授 / 26
登西山远眺东海赏雪 / 27

二、新体诗

雨谒中山陵 / 30
如梦令 / 30
致君子兰 / 31
诗两首（一剪梅　退居二线写怀）/ 31
静夜思
　　——致孙国旗校长 / 32
种菜姑娘 / 32
母女情
　　——澳门回归 / 33
黄河杏花 / 34
巍巍青山 / 35
静静的雨伞 / 35
藤椅上，那个破洞 / 36
读书演讲会 / 37
共和国从这里走来
　　——西柏坡漫想 / 37
我是教师 / 40
我回来了，黄河…… / 42
我把颂歌献给党 / 42
种　子 / 42
小　船 / 43
冬 / 43
枫　叶 / 45
夜　校 / 45
退休工人长跑队 / 46
泰山松 / 47
春笋
　　——写给个体劳动者 / 47
给一位诗人 / 48

无　题 / 49
那双眼 / 49
故乡的风 / 52
活着真好
　　——写在大地震后 / 53
小　憩 / 54
你 / 54
我的生活 / 55
乐山大佛 / 56
白居易墓 / 56
宋　陵 / 57
鹅卵石 / 57
小　草 / 58
西　安 / 59
开　封 / 60
开封菊花 / 60
致黄河 / 61
致统计员 / 63
青年教师的歌 / 63
菊 / 64
夷　山 / 65
州桥遗址 / 65
清明上河图 / 65
河南大学 / 66
您是一只仙鹤
　　——怀念李允久大哥 / 66
忆秦英君教授讲课 / 67
吊朱仙镇岳飞庙 / 68
新春联 / 71

三、散　文

品　菊 / 74
话　菊 / 76
茶宴·养廉·修身 / 77
那株不成形的白玉兰 / 79
先生之风　山高水长
　　——我认识的范敬宜先生 / 80
祥符赋 / 82
牧云楼记 / 84
池东草堂记 / 85
顶　峰 / 87
内蒙古纪游 / 89
月下断想 / 92
长风万里草青青 / 94
夜宿马六甲 / 96
潭头印象 / 98
岳飞点将台怀古 / 100
感悟云台山 / 102
送哥哥 / 104
迎春赋 / 106
校园的早晨 / 107
净　土 / 109
李闯王大战朱仙镇 / 110
祖国　时间　理想 / 112
鲁迅理发 / 113

他爱这片深情的土地 / 114
春上枝头已十分
　　——写给一九九八年元旦 / 116
爱，首先是奉献 / 118
郑板桥教子 / 119
王国维治学三境界 / 120
"中华·中国"释疑 / 121
经济要振兴　教育是先行
　　——开封县人民支持教育事业事
迹点滴 / 123
教师应加强马克思主义理论修养 / 125
莫让报刊睡大觉 / 126
尊师重教一枝花 / 127
还是那般潇洒 / 128
别难为雷锋 / 130
全社会都应该重视中小学德育工作 / 131
不忘人民养育恩 / 133
教育工作者要增强科研意识 / 134
话落榜 / 135
古代灯节题材诗词浅谈 / 136
家长要当好孩子的榜样 / 139
"无私"才能"无畏" / 140
加强乡级教育管理势在必行 / 141

四、评　论

弘扬焦裕禄精神贵在自觉 / 144
试论学习陶行知教育思想的现实意义 / 146
一江春水向东流
　　——阅读小小说《裙子》/ 151
敢以楚辞吊国殇
　　——读小小说《雕像》/ 152
或有腐朽化神奇
　　——读张立先生《山海吟歌》/ 153
巨峰能相遇　白云犹自闲
　　——曾广诗歌浅识 / 157
秦海涛和他的《蚌病集》/ 161
哀其不幸　怒其不争
　　——读小小说《名誉》的联想 / 163

寓伟大于平凡
　　——读小小说《乡下女人》/ 164
矻矻不息乐清贫
　　——读《丈夫戒烟》/ 165
高擎着爱的火把
　　——读遂林兄诗集《魂归来兮》/ 166
美与真理的回归
　　——教学园地十四期漫评 / 167
山不在高　有仙则名
　　——《开封教育报》百期漫笔 / 169

后　记 / 170

一、古体诗词

再望中岳

（一）

一山拔地冠古今，百里逶迤腰缠云。
三条玉带走清泉，七十二峰挺绿针。
金碧辉煌庙中岳，檐牙高啄寺少林。
称心最是峻极处，抖尽恩怨始见真。

（二）

雄伟挺拔撼人心，绵延百里牧飞云。
四野平畴宜远目，超凡脱俗可静尘。
十三棒僧助唐王，万千黎民盼福音。
依托中原何所倚？植根大地见真君。

《东京文学》1999年第1期，总第103期

题云台山

云台美景天下秀，游人入画画中游。
秦时古栈走日夜，唐代残迹诉春秋。
重峦叠翠观瀑崖，怪石嶙峋小寨沟。
最喜我来瞳瞳日，总把新乐解前愁。

《东京文学》1998年第3期，总第99期

游张家界

绝景深藏缥缈中，倚天拔地叠峥嵘。
一条云路记日月，三千峭柱任说评。

奇禽珍兽树倒挂,岣岩危峰水叮咚。
茫茫远眺无刻处,虬松苍苍竹青青。

《东京文学》1998 年第 3 期,总第 99 期

登黄山

名冠五岳烁古今,百里峻峭腰缠云。
一条彩溪传琴韵,满目高峰挺绿针。
天都无语听青天,光明有意托翠林。
莫道浓雾总遮眼,喜看正气满乾坤。

《东京文学》1998 年第 3 期,总第 99 期

红 安

黄麻当年举义旗,敢泣鬼神惊天地。
而今我从红安过,带走一身英雄气。

《东京文学》1999 年第 2 期,总第 104 期

井冈山

千里井冈翠竹青,小楼错落三二层。
一路景观一路笑,可记土石血染成?

《东京文学》1999 年第 2 期,总第 104 期

嘉 兴

南湖久慕终一游,树绿水碧云悠悠。
破雾红船今何在,嘉兴匆匆几回眸。

《东京文学》1999年第2期,总第104期

延 安

宝塔巍巍延水弯,楼群毗连云衔山。
平生若想凭豪气,一年一度到延安。

《东京文学》1999年第2期,总第104期

韶 山

满目起伏满目青,绿浪滚滚人接踵。
瞻仰红日腾起处,细听翠竹拔节声。

《东京文学》1999年第2期,总第104期

淮 安

黎民自古怕动乱,漫漫千载多少难。
几人深留人心里?无声无语看淮安。

《东京文学》1999年第2期,总第104期

开封少奇纪念馆

一代伟人安歇地,谁人凭吊不叹息。
为何单单在开封,几多人意与天意。

《东京文学》1999 年第 2 期,总第 104 期

香 港

水泥森林车流河,国语英语两相磨。
百年血泪今日洗,历尽劫难终是歌。

《东京文学》1999 年第 2 期,总第 104 期

读鲁迅

寅夜萧瑟独伏案,常读檄文常新鲜。
横眉冷观通天路,俯首不看迷心钱。
隔鞋搔痒赞何苦,入木三分骂亦甜。
古今圣贤多少事,学做先生"荐轩辕"。

《东京文学》1999 年第 2 期,总第 104 期

海滨浴场

碧浪轻拍白沙亲,阳光海风争宜人。
身无伪装心无防,男女到此才是真。

《东京文学》1999 年第 4 期,总第 106 期

刘公岛

甲午风云刘公岛,邓君遗愿化碧涛。
而今我来提督府,犹闻海风磨战刀。

《东京文学》1999年第4期,总第106期

一〇七国道急雨

风紧雨急一〇七,归心似箭车拥挤。
一俟驶入高速路,不见风紧与雨急。

《东京文学》1999年第4期,总第106期

黄河杏花

杏林深处三两家,绿树白墙映红瓦。
落英缤纷香满院,一夜春风一地花。

《东京文学》1999年第4期,总第106期

雨中黄河大桥

大风漠漠浓云重,雾锁长桥车缓行。
独立桥头白茫茫,满耳急雨听涛生。

《东京文学》1999年第4期,总第106期

夜 读

星光闪闪万籁静,夜读犹闻灯燃声。
群山忽化绕指柔,才知妻儿早入梦。

1998 年 3 月 2 日

灯 下

(一)

文风当今重升平,我亦多次助视听。
夜深静摸脉搏处,应愧有时不心声。

(二)

位卑力弱整日忙,天天学做嫁衣裳。
谁人穿得朝靴去,是好是坏不思量。

1998 年 4 月 10 日

校园漫步

生来平民行为贱,鲜使享乐赋清闲。
朝闻红日带露绿,夜就素月和灯眠。
韬光养晦诱书香,荣华富贵隔雾看。
人前问痴何所倚?常把旧友做心欢。

《信陵诗刊诗词选(1999—2009)》

看杏花

（一）

黄河滩头看杏花，十里香风迎朝霞。
村姑笑指花深处，三层小楼是我家。

（二）

一道绯云大河边，下辅碧玉上连天。
红红白白各流彩，牵来果实万万千。

《东京文学》2000年第3期，总第111期

给献青同学

青春当年肩并肩，江河湖海一脉连。
常使毁誉风中过，坐观云烟笔底穿。
行为能佩陶潜事，言谈素记树仁篇。
世人问道所倚何，笑指黄河可对天。

注：献青同志是我的同学、文友、妻子，又生了聪明争气的儿子，一切成绩当有她一半。谢谢她，伴我度过那个年代。2000年9月28日题

谒范仲淹墓

文正公墓风景异，山作屏嶂水为曲。
雨后无人蝉鸣处，青青松柏翠欲滴。

《东京文学》2002年第3期，总第123期

过二程故里

车过故里忆二程,理学领宋一代风。
而今家乡争荣耀,男儿到此是豪雄。

《东京文学》2002 年第 3 期,总第 123 期

访白园

白园墙外车马喧,白园山上风清闲。
千古一人白居易,无言无语看流年。

《东京文学》2002 年第 3 期,总第 123 期

宿九龙山庄

峰回路转九龙山,一片苍翠掩温泉。
风尘易洗心难静,满屋白光照无眠。

《东京文学》2002 年第 3 期,总第 123 期

游重渡沟

竹林飞瀑两相宜,争峦叠翠景愈奇。
人生多少遗憾事,留到重渡情依依。

《东京文学》2002 年第 3 期,总第 123 期

悼梁松山先生

忽闻噩耗暗吃惊，沉沉半日未有声。
汴京城头聆教诲，太原郊外访胜景。
历历往事犹在目，萋萋芳草满别情。
生死本是寻常事，吾师走得太匆匆。

注：梁松山先生为河南省中学教育专家之一，曾领衔研究国家七五教育科研重点项目"农村中小学提高效益与质量的研究"，今论著行世，先生已去，天上人间，谨以此悼念。

《老人春秋》1994年第8期，总第32期

过张家界

人间仙境何处寻？张家界上气森森。
奇峰绝壁走日月，三千峭柱泻烟云。

《老人春秋》1993年11期，总第23期

禹王台赏菊

禹台九月人鼎沸，相见争指赏菊处。
疏密有致亭亭立，姹紫嫣红绰绰舞。
百姓喜乐秋日高，国家强盛花色殊。
寄语台澎赏菊者，游春仕女忘归途。

《农村文艺》1985年第1期

嵩山行

雄踞中原冠古今，背倚黄河泻流云。
三条碧溪走脚下，七十二峰翠如针。
人声鼎沸中岳庙，大唐盛世赖少林。
更喜周柏三千岁，历尽沧桑见精神。

注：三条碧溪指登峰境内的三条主河。

《农村文艺》1985 年第 2 期

三一〇国道河南段

千里飞车雾蒙蒙，绿叶哗哗驭春风。
如烟往事砥砺志，细雨入川大江东。

《东京文学》2002 年第 3 期，总第 123 期

咏 月

皎皎玉镜悬夜空，云缝洒光亦从容。
激情尽化默默语，一身洁白任说评。

1998 年 9 月 5 日

郑汴一体化

两城自古一脉连，商鼎宋塔两威然。
一路惠及千万众，郑汴同辉耀中原。

《信陵诗刊》第 11 辑

茉莉花

春夏秋冬不张扬,满身素装迎霞光。
一盆摆在庭院里,出门犹带缕缕香。

《信陵诗刊》第 11 辑

黄　河

开天辟地远古间,何言壮士不留恋。
精细华美无写处,黄水粗犷连雪山。

1998 年 7 月 16 日

开封城墙

风蚀雨侵苔斑斑,千载静卧杂树间。
一曲走进新时代,勃勃生机换新颜。

《信陵诗刊》第 16 辑

拜林散之艺术馆

江水日夜绕膝流,携手太白立潮头。
诗家不幸书家幸,能与古人共春秋。

注:林散之艺术馆与马鞍山李白纪念馆毗邻。
《梁苑诗词》2011 年第 2 期,总第 30 期

十年校长感悟

矻矻不息十年工，朝迎寒雨夜听风；
春抽嫩绿托新蕾，冬拥白雪伴孤灯。
大河东去水有色，夕阳西落山无声。
如烟往事少墨凝，细看身边草青青。

《信陵诗刊》第 27 辑

朱仙镇岳飞庙

黄沙碧禾缠古镇，殿雄柏老岁华深。
长旌直枭幽燕旗，铁马竞踏阙氏魂。
金牌无端西北下，药槐有情东南伸。
吾辈后生效鹏举，凭吊不应愧先人。

注：岳飞班师当天，镇内一棵老药槐倾枝东南，从此枯死。故镇志上有"药槐难苏"的记载。

《农村文艺》1983 年第 2 期（岳飞的故事专辑）
《老人春秋》1993 年第 5 期，总第 17 期
《东京文学》1998 年第 3 期，总第 99 期

雪落黄河

雪落黄河静无声，晶光翻飞舞精灵。
默默素心化碧涛，留作来年百花红。

1998 年 12 月 4 日

写 怀

曾携黄河万里浪，方揽东海千顷平。
白雪应解梅花意，含羞滴泪到天明。

1998 年 12 月 10 日

致献青

回首双十悄然过，眼角眉梢留余辛。
常借星月当夜珠，惯于衣食乐清贫。
一窗旭日秋作夏，满目愁云冬是春。
世人若问何所倚？兼程风雨赖知音。

1998 年 12 月 20 日

开封观菊

（一）

最喜汴京金麟开，缤纷满目香满怀。
英姿卓卓跃龙亭，秋色丽丽上阳台。
若非白雪因风化，安得红兰和露栽。
放眼人流满涌处，顿觉身置新时代。

（二）

最喜汴京金麟开，香气阵阵扑面来。
粼粼碧水映龙亭，灼灼秋菊上阳台。
一曲市政新规划，万紫千红和露栽。
放眼天姿同色处，否尽泰来新时代。

1998 年 10 月 10 日

学 习

为学如登万仞山，崎岖跋涉费艰难。
称心最在夜阑时，无限风光任登攀。

1999 年 1 月 4 日

初 雪

漫天柳絮纷飞扬，万里山河裹素装。
千树梨花开玉蕊，残冬到处有春光。

1999 年 1 月 6 日

桃 花

依依杨柳风，桃花笑吐红。
清香沁心肺，可怜陶渊明。

1999 年 1 月 7 日

翻旧作

寻得青春几点点，逝去方知价万千。
回首当年蹒跚路，一池风荷到心田。

1999 年 1 月 8 日

再读鲁迅

洋洋洒洒几十卷,含泪滴血出真诠。
单枪匹马驰千里,于无声处抵万言。
心中明灯贯日月,火眼金睛察人寰。
弱肩休忘担道义,万籁俱寂未敢眠。

1999年1月14日

过少林寺

少林寺前独悟禅,松青水碧风清闲。
五乳峰叠半天外,二路溪绕画屏前。
无笔无墨好文章,有山有水绝世缘。
十三棒僧何处去,游乐仕女谁耕田?

1999年2月10日

过羑里城

易经神秘几千载,趋之若鹜争真传。
几多高人会算命,些许贤才测吉残。
物极必反否泰来,细推事理凭旋转。
浩瀚精深任我游,向天再借五百年。

1999年3月3日

过华清池

骊山松柏几千秋，不是情人不泪流。
唐王行乐山增色，黎民言苦水减寿。
东望千军兵马俑，西出十里帝皇愁。
五间亭上弹洞壁，蓝天白云轻悠悠。

1999 年 3 月 4 日

泉 水

一股清流出深山，不断叮咚与飞溅。
正当疲劳欲歇时，又见大海在眼前。

1999 年 4 月 5 日

宜阳灵山

远眺灵山郁葱葱，亭台楼阁气势雄。
若从心底拜佛祖，灵山还差一万层。

2000 年 8 月 10 日

故 乡

思君从不计时分，十万情感作天真。
虽借京华风雕玉，更念故乡一片春。

2000 年 9 月 5 日

病 中

绝症飞来欲塌天，锻炼一刻不敢闲。
就着汗水嚼时光，咸酸苦辣都变甜。

2019 年 6 月 4 日

赠令更兄

铮铮铁骨一英雄，白髯飘出金石声。
时尚俗目云月暗，吾兄大智万古风。

2004 年 7 月 10 日

贺《信陵诗刊》十年刊庆

诗刊十年说信陵，神州文苑一点红。
我从信陵分春色，生活常常满激情。

此诗为《信陵诗刊》十年刊封 2 书法条幅

过张家港

临风驻足南浦岸，万里长江一望宽。
过往舰船互鸣礼，三两江豚浪里翻。

2003 年 4 月 7 日

咏 月

（一）

皎皎玉镜夜空中，云缝洒光也从容。
激情都化默默语，一身洁白任说评。

（二）

千秋一轮孤月明，冷傲风雨笑含情。
人生能有几真醉，青春走进夕阳红。

2008 年 8 月 15 日

观 海

一望无际缥缈间，水天互动云是岸。
唯爱风平浪静日，太平洋上走画船。

2003 年 4 月 9 日

花果山

我来花果山，海天一望宽。
绿树影婆娑，巨石相勾连。
清风送琴韵，游人趣正酣。
我呼孙大圣，重新归自然。

2002 年 4 月 10 日

函谷关

洋洋洒洒五千言,中华传统出真诠。
东西文化论战后,回首细看函谷关。

2002年6月9日

过岳飞庙

每每经过岳飞庙,心潮总比浪潮高。
精忠报国百姓赞,金戈铁马旌旗飘。
自古忠奸同冰炭,沉冤何待天日昭。
人生无愧良心处,万里蓝天白云摇。

2003年6月4日

骊 山

自古骊山惹人游,正史民间说纷由。
一脉温泉流日夜,几坯荒冢诉春秋。
唐皇贵妃浓浓情,黎民百姓淡淡忧。
振兴亭边有新路,靓男丽女乐悠悠。

2002年5月3日

洛 阳

自古洛神动真情,豫西一片绿葱葱。
河图洛书有故事,请君细品洛阳城。

2003年4月6日

毕业赋

目标相同心更同,光阴愈失情愈浓。
目尽四化千里图,胸怀五卷万代宗。
山麓仰望小道折,峰巅俯视坦途通。
每逢忆起相处甜,贵在难中下苦功。

1978年5月1日写于开封西郊开封师范校本部农场住室

美人蕉

灼灼一株美人蕉,花红叶绿形象好。
不急不怒不争论,内修于心品自高。

《新祥符》2014年总第16期

诗五首

(一)
三平精神公仆心,中原百姓多议论。
坚信这次东风来,吹绿中原一片春。

(二)
伟大从来出平凡,默默无闻志弥坚。
百姓心中有杆秤,自古忠奸同冰炭。

(三)
地火运作地面静,任劳任怨真英雄。
满腔热情无私利,一身正气两袖风。

（四）
超人胆识心平常，朝迎彩霞夜月亮。
入党誓言时刻记，甸甸责任在肩上。

（五）
厚重河南五千年，三平精神入心田。
爱国爱民当如此，风雨过后艳阳天。

注：时任河南省委书记卢展工在2010年两会期间提出的"平凡之中的伟大追求，平静之中的满腔热情，平常之中的强烈责任感"深得民心，被誉为"三平精神"。多次听到街头议论，赞者甚众，说好党风又来了，故得小诗五首。

2010年10月20日

和田玉

静默无语淡淡光，晶莹剔透自带香。
人前从不夸颜色，温润尔雅是涵养。

《新祥符》2014年总第16期

汴梁遇雪

漫天柳絮纷飞扬，十里皇都披银装。
千树梨花开玉蕊，深冬处处有春光。

2004年12月13日

朱仙镇赋

朱仙镇曾聚诸仙，千古高风史有传。
鹏举庙宇雄姿在，点将台旁风清闲。

浩浩义军自成龙,堂堂督师作羊犬。
金戈铁马声震耳,一曲未尽霞满天。

2005 年 3 月 1 日

争为四化育人才

北京城里春风来,春风吹我乐开怀。
园丁栽花更勤奋,争为四化育人才。

1988 年 2 月 10 日

杭　州

靓女静卧钱塘江,湖光山色怡人香。
流连西泠岳庙处,疑到龙井是故乡。

1989 年 9 月 6 日

苏　州

少年久慕寒山寺,吴越歌舞说张继。
虽有太湖风光美,一曲评弹泪千滴。

1989 年 9 月 10 日

深　圳

一夜高楼平地起,三山两湖争朝夕。
喜看中华新速度,一杯清酒家万里。

1989 年 9 月 3 日

致文友

南国一柱一精灵，微山歙水出芙蓉。
心中常染江南绿，始信天都有光明。

1987 年 10 月 2 日

雨中南京

我来金陵雨蒙蒙，八方氤氲空中凝。
吴晋铁链沉江底，太平田亩傲苍穹。
高楼毗肩摘星辰，接踵人海求利名。
涛声依旧东流去，钟山巍巍草青青。

1988 年 8 月 5 日

参观陈独秀纪念馆

是龙人物不做虫，日听流水夜听风。
开天辟地干大事，千古江山任说评。

1989 年 9 月 10 日

致令更兄

春来一封寄相思，绿动中原正有时。
英雄相邻不相见，月下长吟东坡词。

1988 年 2 月 11 日

观 潮

一片阳光一片笑，母女相闹戏海潮。
女儿潮中玩不足，母亲静望碧海涛。

1987 年 4 月 13 日

痛悼恩师宋景昌先生

忽闻噩耗暗暗惊，犹如晴天听雷声。
少年兀兀抗战路，盛世孜孜杏坛情。
十里农场耕地勤，唐诗讲堂起雷鸣。
一生为人无功利，黄河滔滔山青青。

2006 年 10 月 3 日

过龙门

伊水汹涌龙门开，千载刻石活佛来。
世人谁不想如意，矻矻神灵人安排。

1997 年 3 月 14 日

冬咏月季花

——和温少举《咏月季花》诗一首

形似牡丹艳，色比蜡梅傲。
自身接地气，展示冬阳俏。

2002 年 12 月 30 日

观书有感

（一）

波光粼粼向蔚蓝，扬帆便有新画面。
渐入水天一色里，愈深愈远愈平淡。

（二）

正喜快艇多体验，惊闻航母到眼前。
衣食单调人单纯，心灵超出一望宽。

2021年4月18日

潭柘寺松

——献给老师秦英君教授

西山虬松气不同，虎踞龙盘色青青。
平楚日和棲健鬐，冰霜雪雨顶寒风。

注：京传"先有潭柘寺，后有北京城"。今见寺前劲松数株，虬角虎姿，得一诗，献给我尊敬的秦英君教授，他为人才华横溢，励精图治，但开风气不为师。真大家也，曾多年任首都高校学报编委会会长，是中国现当代思想史专家。

2009年10月8日

忆宋景昌教授

（一）

恩师驾鹤十五年，音容笑貌犹昨天。
河大院内听教诲，铁塔身旁闻畅谈！

（二）

首忆恩师莘学子，西南联大苦钻研。
有幸师从闻一多，矻矻不息经战乱。

（三）

二忆恩师才学高，右派一改到高校。
唐诗宋词好文章，如烹小鲜自成调。

（四）

三忆恩师老愈壮，与时俱进惜分秒。
大事小事不抱怨，严于律己威信高。

（五）

最忆恩师细节处，静水流深无波涛。
自诩教学无小事，堂堂正正是英豪。

2006 年 10 月 17 日

登西山远眺东海赏雪

大雪落京城，皑皑遍西山。
踏雪拾阶上，一步一重天。
岚隐四百寺，木鱼敲时间。
巨峰能相遇，近海知茫然。
几多帝王事，古今留笑谈。

2009 年 10 月 2 日

二、新体诗

雨谒中山陵

雨临南京
急匆匆
车水马龙
中山陵
丽伞靓袖
万人朝圣
驱除鞑虏同盟会
光复华夏天下公
看龙旗飘摇成历史
共和兴

轻权贵
求平等
强民族
挟雷声
问古今悠悠
几许伯仲
故国日新起锦绣
和谐月异颂太平
听松涛阵阵传笑语
东方红

1989年3月27日

如梦令

草嫩、溪唱、莺叫
柳绿、桃红、蝶闹

处处跃进曲
今岁人勤春早
春早春早
更须争分夺秒

1993年1月4日

致君子兰

你有着坦荡的胸怀
潇洒的英姿
有着不同寻常迷人的风采
醉过春风，醉过夏雨
但在该收获的季节
天地却小了

如果你还能感到地火运行、空气流动
还能感到山的挺拔、海的深沉
还能感到失去的和得到的思绪
那你的芬芳才变得神圣

1988年3月15日

诗两首（一剪梅　退居二线写怀）

矻矻不息说追求
德才兼备
未雨绸缪

百炼钢化绕指柔
筚路蓝缕

冬夏春秋

不尽黄河滚滚流
千帆竞发
山清水秀

一万里外谁封侯？
天高可问
壮志可酬

2014 年 9 月 10 日

静夜思

——致孙国旗校长

难入眠，已三更
淅淅沥沥听雨声
室外芭蕉响，滴滴都是情

天未亮，雨又停
抬头夜空数星星
哪颗是君变，闪闪眨眼睛

2020 年 7 月 8 日

种菜姑娘

沐浴着早春的晨风
披戴着朝霞的艳红
穿行在碧波绿海

体态燕子般轻盈

移脚步，追逐流水
扎竹笆，架起彩虹
棚杆上，果实累累
田畦间，嫩叶青青

脸上溢满了汗水
激情蕴藏在心中
为了他那样的人们
生活充满了诗情

《开封日报》1993年7月21日

母女情
——澳门回归

一纸空文
你就被掳去
那沙哑的哭喊
揪在我心里
一百多个春秋
西方列强的酒杯中
有我的泪滴
不屈的三元里的暴雨
下了一个多世纪
如今，我
心情舒畅地伸直了腰
咱家的新楼
也在东方竖起

你的发梢系满异国的风

把勤劳化作一片神奇

《东京文学》1997年第3期，总第93期

黄河杏花

漠漠风沙

砥砺出独特个性

放眼望

簇簇堆堆

雪白绯红

年年岁岁花如此

岁岁年年色不同

任闲人无病乱呻吟

宠不惊

逢盛世

御春风

争朝夕

竞纷呈

叹白驹过隙

何处觅芳踪

拳拳素心乾坤事

矻矻百川民族兴

听滔滔黄河东流去

天籁声

《东京文学》2000年第3期，总第111期

巍巍青山

巍巍青山

总任乱云说飞渡

不争论

经天纬地

中原逐鹿

掌上千古史漫展

胸间百万兵轻伏

跨黄河挺进大别山

红旗舞

马列在

太阳出

丹心辉

强民族

问乾坤几许

擎天巨柱

力挽狂澜定环宇

治国安邦创新路

看神州昌盛君犹在

河洛书

《开封日报》1997年2月27日

《东京文学》1997年第2期,总第92期

静静的雨伞

你是一把再普通不过的雨伞

静静地躺在那里三十多年

你曾撑出一个人宽广的胸怀

撑开一片湛湛的蓝天

风沙狂起的夜晚
顶风送去人间的温暖
暴雨如注的时刻
罩起一个博大的安全

如今你静静地躺在那里
使每一个良知者热泪涟涟

《东京文学》,曾获1997年开封市政府诗歌创作二等奖

藤椅上,那个破洞

藤椅上,那个破洞
曾牵动多少感情
如今,你依旧摆在那里
诉说着一个忠诚

世界上有那么多的灯红酒绿
有那么多的繁荣昌盛
真正感动人的还是你呀
因为你跨越时空,而永恒

只要这个世界上还有阳光照耀
血染的旗帜就会愈来愈红
只要这地球上还存在着劳动
人心就会颂扬伟大的英灵

啊,藤椅上,那个破洞……

《东京文学》1997年第6期,总第96期。曾获1997年开封市政府诗歌创作二等奖

读书演讲会

俯身探宝
掬一捧海的珍珠
昂首举目
洒一行湖的涟漪
龙腾虎跃
送一阵兴安松涛
扣人心弦
唱一曲大江东去
台上,雷和闪电轰鸣
台下,光和火在燃烧
"信仰危机""看破红尘"
穿过思索
被行动投入爆破
天安门前的激奋
在这里倾泻
正化作滴滴温热

《开封工人报》
1988 年 5 月 2 日

共和国从这里走来

——西柏坡漫想

昨晚我还在清帝东陵
今晨来到这西柏坡前
漫山的春意吐着嫩芽
红顶的楼宇在绿树中闪现

脚下的新路伸展着平坦
坡前的碧水越发地湛蓝
美丽的云霞红着脸张望
清爽的氤氲托起袅袅的炊烟

车外的景色沾满了春光
心中禁不住思潮翻卷
共和国从这里走来
一步步谱写出壮丽的诗篇

中国的封建社会虽有汉唐盛世
沉重的枷锁压得老百姓苦不堪言
土地、土地，相依为命的土地啊
历朝历代都没有做到耕者有其田

《中国土地法大纲》在这里诞生
像春雷滚过大地
春雨飘自蓝天
人民欢欣鼓舞 奔走相告
整个中国大地旧貌换新颜

谁说共产党跳不出历史发展的圆周率？
谁说历代政府都欺压百姓死灰复燃？
谁说人不为己天诛地灭？
谁说中国是东亚病夫一盘散沙英雄气短？

看这小小山村发出的号令
一条条一件件都代表人民的企盼
世界上有这样的自觉吗
妻子送郎上战场，亲娘送儿上前线

三大战役的胜利是人民用小车推出来的呀
最后一捧米用来做军粮
最后的破棉袄盖在单架上
架桥无木料回家拆门板

还有什么坎坷不能跨越
军民团结如一人，守住共同生命线
还有什么困难不能克服
大公无私至高无上勇往直前

五星红旗迎风飘扬
政体国体诞生于摇篮
从大江南北到塞外高原
祖国建设快马加鞭

伟大的舵手远瞩高瞻
"甲申三百年祭"映绕在胸间
务必继续保持谦虚、谨慎、不骄、不躁
务必继续保持艰苦奋斗　本色不变

这是一位伟人的未雨绸缪
这是一个政党的承诺宣言
这是中国社会稳定的基石
这是社会事业前进的航线

今天日新月异政通人和
今天百业竞举科学发展
现代化更需要谦虚、谨慎、不骄、不躁
现代化更需要艰苦奋斗　务实苦干

我们不要忘记这两个务必哟

忘记了过去就意味着背叛
我们必须坚持这两个务必哟
老百姓永远是共产党的天

当我从西柏坡驱车离开
我必须牢记两个务必的真诠
虽然自己是普通得再不能普通的人
但沉甸甸的责任依然压在双肩

抬头看依旧是花红柳绿风清云闲
回首望五大书记目光炯炯寓意深远
不论干什么不论在何方
毛主席的形象永远矗立在心间

2009年4月9日

我是教师

我是教师
我并不骄傲
因我有时累得直不起腰

我是教师
我并不自豪
因我的工作不容易见效

我是教师
我并不高调
因我经常受到良心的煎熬

我是教师

我并不牢骚
因我面对的是绿油油的禾苗

我是教师
我必须勤劳
早操的铃声和着金鸡的报晓

我是教师
我必须领跑
生机勃勃的课堂有阳光照耀

我是教师
必须伴着时间的心跳
勤勤恳恳兢兢业业分分秒秒

我是教师
我知道我的职业重要
以心换心培养生命的崇高

我是教师
肩负着祖国的明朝
一日千里的现代化有我的微笑

我是教师
能牵动总理的思考
时刻想到人才强国的号召

《信陵诗刊》第 25 辑

我回来了，黄河……

珠江碧绿的梦
漓江透明的爱
如丝如网啊……
系不住我心儿一颗
像眷恋着母亲一样
我恋着淳朴的黄河……

1988 年 12 月 31 日

我把颂歌献给党

我很想是一位出色的诗人
用壮美的诗句将您歌唱
我多愿写一部杰出的小说
塑造出您伟大光荣的形象
我更愿做您队伍中的一员
使自己的生命增加分量

1987 年 5 月 1 日

种 子

膨胀着，膨胀着
憋着一股蓬勃的力
为顶破那不能伸腰的小屋
聚集了全部才智
土地搂着你
阳光也瀑布般流来

你感到坚强和自信

感到力的凝集

血的奔腾

连叹息也清新

你想到贡献

想到未来

向着蓝天呼呼地拔节

1988年3月2日

小 船

再不用担惊受怕

再没有难测的风云

顺着水，喜事太多了

怪不得使你低了几分

汽轮的浪花盖过了你

会心的微笑染绿了双鬓

让开主流，扯起带补丁的风帆

波涛里一行深深的脚印

《开封工人报》

1988年6月9日

冬

冬的清晨

总有该明不明的滞留

时钟嘀嗒

窗外的竹影
摇落星星的问候

早已不是撑船人了
却一直痴守着孤舟
把一船人的责任
全扛在肩上，寻找
千帆过尽的理由

生活，少点筹谋
露珠，避开霜冻
仅靠半片绿叶
就能折射人间的美丑

小草，伸直了腰
竭尽全力，黄了，枯了
只需一寸土地
就能展示一生的风流

大树，落叶了
生命变得简单
光光的枝条上
可以托起苍鹰的追求

天，是亮的晚了点
信仰的梅花
只开在冬阳与白雪的聚首
地热正在生温
春天就在前头

《新祥符》总第 19 期

枫 叶

当别人想起晚霞的时候
你点燃了遍山的大火
红了萧萧瑟瑟的秋风
红了飘飘悠悠的云朵

春怎么说
夏怎么说
只知报效母亲
只知认真工作,装点秋色

有人说你铁面无私
有人咒你快点离开世界
你兢兢业业,一丝不苟
对自己的儿女照样严格

如今,告别了枝头
每一件往事都显得灼热
为了明春绿叶摇翠
为了泥土有火的颜色

《老人春秋》1993 年第 3 期,总第 15 期

夜 校

满天的星星是微笑的眼睛
微笑的眼睛是满天的星星
扬起双桨,我在街上穿行
乘着浪花,驰过一盏盏明灯……
光的乳汁,浸透年轻的心灵

课本传出，高山流水的琴声
爱因斯坦走进教屋
解答了人生的坐标、方程……

1999 年 7 月 12 日

退休工人长跑队

都一大把年纪了
还这么天真
不规律的脚步声
踏醉了宁静的早晨

头发和胡须
都银丝般飘拂
哈出的热气
也云雾似的升腾
白雪、蓝天
和着绚丽的霞光
优美的画图中
一队圣诞老人
举起了照相机
我想摄下这闪光的时刻
"咔嚓"
只摄下一串深深的脚印

《老人春秋》
1999 年 12 月 27 日

泰山松

根深深扎进岩缝
枝叶向蓝天挺拔
清贫、朴实和倔强的形象
显得高傲、潇洒
白天、乱云飞渡中
你清淡素雅,对太阳微笑
黑夜,雷鸣电闪里
你铁骨铮铮,任冷雨抽打
从容、刚直,一无所求
裹一颗滚烫的心
即使在大洋彼岸
也时时想着中华
啊,一生
若没有什么追求
就是立在山巅
也多么无聊和空乏

《泉声》
1999 年 7 月 30 日

春笋

——写给个体劳动者

你聚集了全体力量
顶破冻土
不再犹豫、不再幻想
尽情沐浴着普天阳光
春风、春雨和大地的温热

给你一身的刚强

外表,碧绿碧绿
内心,坦坦荡荡
竹鞭在地热里横走
编织起四面八方
发紫的年代永远过去了
快醒来吧
前程,大海般宽广

蓝天,铺开道路
和风,裁作衣裳
你亭亭玉立
为山河增添风采
你呈翠流彩
写一行绿色的希望
啊,春笋
我听见你吱吱地拔节
我看见你骄傲地生长

《开封工人报》
1999年2月3日

给一位诗人

看到诗,就想起你
想起奔腾咆哮的黄河
想起黑黑瘦瘦的身躯

看到诗,就想起你
想起父兄那枣树枝般粗裂的

双手
想起兰考的泡桐
和这黄褐色的地

黄河的风沙陶冶了你
黄河的乳汁喂养了你
黄河把性格也给了你

于是,生命每天都在抽绿
你有了诗的生活、诗的创造
也在诗中创造了自己

《教育时报》
1989 年 6 月 12 日

无 题

如果道路没有坎坷
那还叫什么生活
让别人去做时代的骄子吧
我的使命永远是开始

2000 年 10 月 1 日

那双眼

那双眼
是两团燃烧的火焰
虽无声无息
却令人感到
劈劈啪啪

热光灼面
感到呼呼迎风的升腾
感到震聋发聩的呐喊
那炽热的眼神中
藏有多少干柴
多少滚油
多少吨 TNT 的情感
是压抑
是控诉
是火山爆发前的一瞬
是即将融化的冰川
那双眼
是两团燃烧的火焰

那双眼
是两汪碧绿的深潭
表面静影沉璧
水波潋滟
似风光宜人的西湖
走靓女画舫
听叮咚清泉
罗密欧与朱丽叶
梁山伯与祝英台
白娘子与许仙
远古——现在
羞涩——浪漫
那静静的水面下
随时会掀起冲天的狂澜
暗送秋波
太不够了

那碧绿的两潭中

该有多少往事

多少梦想

多少次仿真的预演

那风平浪静的默默里

该有多少有声有色的

气壮山河的语言

那双眼

是两汪碧绿的深潭

够了，千古风流

够了，雷鸣电闪

够了，够了

有了那热切的注目

有了那狠狠的企盼

走向战场也充满自豪

遭遇坎坷也心坦神安

人生得一知己足矣

心相印何必长相伴

就这样下去吧，这样下去吧

不要山盟海誓，相见恨晚

就这样下去吧，这样下去吧

直到白发苍苍，海枯石烂

哪怕一生不再相见

那目光永远留在身边

生命、奋斗、时间、空间

那双眼、那双眼

那双看一次

就让人永远不忘的双眼……

注：四川，天府之国，人杰地灵。军营，绿色人生，写给曾在军营中的她，

写给生命，写给青春，写给美丽，写给太阳与一望无际的壮丽河山……

《风雷艺苑》

1988年5月4日

故乡的风

又扑向你了呀
故乡的风
我的发丝、眼睛和无法遏止的激情
你骤然划出我的轮廓
又紧紧贴住我的乱了节拍的心
你轻轻地拂去
岁月丢给我的坎坷
白发爬不上头顶
这年，走来了，又欢笑着
沐浴着纯朴
洋溢着天真
拉上伙伴，赤脚蹚着缤纷的露珠
向着太阳奔跑
手上、肩上挂满了水灵灵的歌声
热血、江河一般膨胀
朝霞，一朵朵地
旋转，升腾……
草一样颤抖的心弦上
音符欢快地穿梭
狂奏着疯癫的感情
思绪，常青藤似的爬满废墟
爬过我的轮廓和眼睛
生命，拔节了
蓬勃的种子

遇上蓬勃的风
一切都显示着生机
绿的手臂
绿的生活
绿的爱情
春光,笑着驻下了
风里洒一串铜铃
思念得太久了啊
故乡的风
1987 年 6 月 10 日

活着真好
——写在大地震后

活着真好
别计较钱多钱少
汶川的震波
分不清乞丐富豪

活着真好
莫在意权大权小
汶川的楼板
不认识你头上有几尺官帽

活着真好
别再为世态炎凉烦恼
汶川的废墟
掩埋了多少豪情壮志、俗事庸扰

活着真好
请记住汶川的分分秒秒
幸存的人们演绎了多少
爱的伟大,情的崇高……

活着真好
君不见帝王的陵墓上
长着青青的野草
善待生命吧,活着真好

活——着——真——好

《信陵诗刊》第 19 辑

小 憩

她望着他
下巴挂着的汗滴
拢着自己湿了的刘海
"麦垄太厚了
——镰割不透"
他点着头,不去看她
直呆呆地望着
阳光在镰刃里打闪

《中岳》1982 年 4 月

你

假如你比牡丹美丽
愿你多一点诗的气息

假如你比青松碧绿
愿你多一点石的刚毅
看到天真愿你成熟
又怕纯朴离你而去
太阳、星星、大海和诗
我祝愿你永远是你

《开封日报》1983年8月

我的生活

自行车轮
马达式的旋转
学习、工作、家务
病床上的妻子
未写完的论文
挤破一天天

还有待孝敬的父母
待教育的儿子
待实现的夙愿……

为了不被这末班车甩下
我克制自己
从不打扑克、麻将
不听明星演唱
不看诱人画面
祖国的白天太忙太忙了呀
我伸枝舒叶只好放在夜晚

1987年2月18日

乐山大佛

我不远千里而来
绝不是为了顶礼膜拜
穿过了发红发紫的时刻
理智上升了虔诚的热爱

你微笑着看烟云变幻
淡化了一切苦难与尘埃
任江水从脚下匆匆流过
诉说着一次次改朝换代

八方来客求你解答疑难
男女老少惊叹你伟岸的风采
你心明如镜说句真话吧
神的命运也靠人来安排

1987年2月22日

白居易墓

您在这里安稳地睡着
枕香山,看伊水
梦着汹涌的黄河

时间凝固了
一千一百年
一瞬间闪过

我静静地伫立在您身旁
悄悄折下一片柏叶

夹进我的生活

时间凝固了
一千一百年
一瞬间闪过

1988年4月10日

宋 陵

轻些呀,轻些
赵匡胤在这里睡着
一旦他被惊醒
咱们都没法活

两旁林立的石人石马
诉说着过去的繁华
那被埋了半身的狮子
当年是怎样的舞爪张牙

山一样的坟茔荒废了千年
周边的百姓指指点点
有声有色都过去了
只剩下几坯土堆,风清云闲……

1988年4月9日

鹅卵石

地动山摇中
离开峰巅

借着洪水冲下
一路上磕磕绊绊
挣扎、痛苦
渐渐没了棱角
没了得失,多了习惯
也不计与人周旋
时间凝固了
转眼千万年
忘记了曾居高山
忘记了恩恩怨怨
不再与众不同
不再锋芒毕露
全身也由方变圆
大家相安无事地躺在沟底
任小鱼漫游
任清水潺潺
看水是水
看山是山

1989 年写于石人山下

小 草

当我还是一粒草籽
便选择了黄河岸边生息
风沙、内涝加上盐碱
让我走得艰辛和崎岖
但我每天享受
七彩的朝霞
还有无边的原野

和充足的空气
不羡慕别人
别叹息自己
东方风来满眼春
只要行动，就有机遇
露珠仅要半片绿叶
小草只需一寸土地
鹰隼也只慰藉小小的一枝
便可在蓝天跳成霹雳
梅兰芳只要一次登台
便有无与伦比的东方美丽
知识改变命运
学习成就努力
不忘出发，牢记目标
绿了自己，也绿了大地

1987 年 2 月 18 日

西 安

惊醒一个世界
至今万道霞光
爱也疯狂
为中华民族
托起明天的太阳

1988 年 4 月 3 日

开 封

脚踏一个宋代
手托一条黄河
本就是中原沃土
却总想涂上气球的颜色

1988 年 4 月 10 日

开封菊花

当你还是一株野花
你就选择了开封的土地生息
三千年过去了
多少轰轰烈烈,多少风风雨雨
从不计较,从不惋惜
只默默积累
只坚定不移
终于化作今天——
丰富的你
善良的你
高贵的你

当你成为一种名花
你依然坚守着古老的土地
多少诱惑,多少心动啊
伴着多少次喜悦和泪滴
该走的不该走的都走了
该来的不该来的都来了
你依然守望着这片土地

同荣辱，共命运，齐呼吸
化解坎坷，长出刚毅

春夏秋冬
你有黄河的底色
草长莺飞
你有坚实的步履
心中有轮滚烫的太阳啊
从不追求虚荣
从不羡慕迁徙
在路上，在开封
你长成最好的自己

《新祥符》2013年第1期

致黄河

在您宽大的胸脯上
我哭了
一任泪水滴湿
母亲的衣裳

生活的烦恼
疯狂的诬蔑
难言的委屈
我从来没有哭过

然而，面对着母亲
我哭了

这是我成人后的

第一次眼泪
是穿过窄狭小巷
看到丰收的内疚的眼泪

我有愧啊——
黄河养育了我
我却在母亲的乳房上
用力地吮着

一瞬时，浊浪
扑上我的膝盖
我理解了"平凡""伟大"
和生活中的许多许多

理解了顺河柳、无名草
理解了吆牛号子
理解了顶花手巾的大嫂
和紫铜色的胸膛

理解了粗犷的风
开阔的笑
理解了精疲力竭的时间
和遍地古老的传说

啊，我变成一滴水、一粒沙
也是多么富有和灿烂……

1984 年 12 月 5 日

致统计员

数据从手指间流过
春风在笔尖上荡漾
拢一下湿了的刘海
消除了一天的繁忙

整日在排列组合中生活
举目小小的天地一方
青春在表格中住下
花一样散发着清香

成绩燕子般飞去
行动雕塑着理想
谈什么灯红酒绿、风流倜傥
金子般的心儿在岗位上闪光

1988年10月20日

青年教师的歌

我很少登临高山
也很少站在海边
就在这小小的教室
四海风云在眼前翻卷……

我赞美波涛汹涌的长江黄河
我更赞美那叮叮咚咚的溪涧
我赞美那伟大高尚的事业
更赞美那平凡的小事点点……

我赞美那气吞山河的壮举
更赞美那不思功利的奉献
我赞美那彪炳史册的功勋
更赞美那不事张扬的苦干……

也许，我的工作平铺直叙
也许，我的一生默然无言
也许，我的事业无关紧要
也许，像我这样的人千千万万……

我知道，有一天，我会衰老
不再活力四现
或者化作一片彩云
飘得很远很远……

我的心，将永远年轻
永远无悔无怨
永远地追逐太阳
永远相伴白云蓝天……

《信陵诗刊》
1988年9月10日

菊

当别人艳丽时
当别人热烈时
当别人枯萎时
你总是默默追求
满地的白霜
托起你的清高

多情的秋雨
锤炼你的仪表
卓然不群
是你一生的骄傲

1989 年 10 月 2 日

夷　山

一艘船搁浅在古城墙下
铁塔孤独如斑驳的杆

1991 年 2 月 5 日

州桥遗址

找到了州桥找不到杨志的刀
河流把河流埋葬

1991 年 2 月 5 日

清明上河图

繁华
必须用放大镜去看

1991 年 2 月 6 日

河南大学

是码头和车站
知识也是匆匆过客

1991 年 2 月 10 日

您是一只仙鹤
——怀念李允久大哥

您是一只仙鹤
来到开封
为了宋代文学
天将降大任于斯人——
为了那沁人心脾的词句
为了那芸芸众生的亲切
为了土地
为了黄河……

您是一只仙鹤
来到人间
留下了不可能的可能
留下水平
留下卓越
留下您纯真的妻子
留下您聪慧的女儿
留下您生命的火热……

您是一只仙鹤
高高的丹顶

似红星闪烁

洁净的羽毛

是洒满阳光的白雪

为了我们悠久的民族

为了我们可爱的祖国……

您远去了,我的大哥

我要更加认认真真地生活

2009 年 4 月 13 日

忆秦英君教授讲课

满屋青春

满目风光

您是那么年轻

那么胸藏万汇

那么风趣阳光

指点江山

旁征博引

知识大海般宽广

这里是河南大学

是梦开始的地方

渴望的目光穿过荒野

聚集在您身上

听说古论今

评世界兴亡

在这里历史浓缩

地球变小

在这里泉水叮咚响

2017 年 6 月 23 日

吊朱仙镇岳飞庙

昨天我还在诗圣故里
今晨来到了岳飞庙前
那镏金的大字欲滴着悲愤
心中禁不住思潮翻卷……

为什么昭昭天日挡不住阴谋诡计?
横扫千军的铁骑还不如几句谎言?
为什么一代名将不得不忍痛班师?
空留那金戈铁马,对天长叹!

为什么八百里路云和月付诸东流?
彤彤红心、铮铮铁骨、壮志未完?
为什么"莫须有"三个字能扭转乾坤?
朱仙镇上泪洒十里感不动苍天?

为什么非要自古英雄多磨难?
投机钻营的小人却理得心安?
为什么人死后才想到丰功伟绩?
历代斗争挡不住死灰复燃?

为什么好人总不长久?
总有那天意圣明、金口玉言?
为什么民众只能面朝黄土背朝天?
历史的车轮吱吱呀呀总转得这般艰难?

哦——
我的民族
我的祖国
我的祖先……

如今我站在岳飞庙前
看青松翠柏、巍峨宫殿
看如织游人嬉嬉闹闹
看丽日靓影风清云闲

沉思着送紫崖张先生北伐的手迹
沉思着精忠报国与还我河山
沉思着那凝锈的铁钟和朱红的墙
沉思着撼山易撼岳家军难

沉思着那风光不再的点将台
沉思着五奸跪忠和风波亭的夜晚
沉思着历代碑刻、历代颂扬
沉思着那直捣黄龙府的誓言

和煦的春风吹拂着吐蕾的杨柳
明媚的阳光沐浴着花红叶鲜
八百年前是这样的吗？
八百年后能不能依然？

人活一世，谁不想有声有色？
人活一世，谁不想青史流传？
从枪挑小梁王到八百破十万
你活得潇洒，死得悲壮，留得超然……

黄河岸上高悬的明月啊
曾照过岳家军闪光的刀剑
后生八百年的我呀
仍听得见惊雷动地，巨浪拍天……

巩义的宋帝陵也确实高大
那气派的石人石马仍流露着威严
虽然不时有红男绿女光顾指点
人们的心间仍然是荒冢一片

谁说和平年代不需要英雄
都只顾着私利只顾着金钱？
看感动中国的雷锋、郭明义
依然高筑起中华民族的尊严

虽然现在是信息爆炸、知识产权
虽然科技的发展令人眼花缭乱
但不论世界如何改变
保家卫国的义务永远在心间

我们不能忘了郑成功、戚继光
我们要时刻关注着海防和前线
我们不能被灯红酒绿冲昏头脑
忘记了过去，就意味着背叛

不论是伟大先哲的重责大任
不论是芸芸众生的小事点点
可别忘了脚下的土地啊
实践是尺度，民众是最后的评判员

当我从岳飞庙中缓步走出
抬头望，依然是阳光灿烂
风，依旧轻轻吹
花，仍然很鲜艳……

成都军区文艺副刊
《新祥符》"两会"特刊 2012 年第 3 期

新春联

和谐祥符
春到祥符家家秀　风过花丛处处香

钟鼓乐之
江山又报呈碧色　祥符再续新篇章

琴瑟友之
绿柳吐翠兆丰年　红梅报春暖人心

春色满园
牛过岁月留牛气　虎跃龙潭显虎威

欣逢盛世
幸福渠水流千载　东方红日照全球

春满人间
时雨点红桃千树　春风吹绿柳万枝

惠风和畅
政通人和上下同心织锦绣
你追我赶众志成城写春秋

日新月异
群楼竞起祥符一片春色秀
万象更新城乡再谱同心曲

科学发展
祥符逢春高扬时代主旋律
盛世思治发展才是硬道理

2020年1月10日

三、散文

品 菊

对 菊

面对菊花,除欣赏它的色、品味它的洁、惊叹它的形、暗纳它的香,还能干什么?

菊,多年生草本植物,春发、夏长、秋放、冬藏。

人,生之于父母,游志于天地。由小到大、由弱到强、由盛到衰。伟大也好,渺小也罢;轰轰烈烈也好,无声无息也罢;谁也逃不脱自然规律。

菊 色

今之菊色,就花言,是五彩缤纷、姹紫嫣红。刘禹锡诗云:"家家菊尽黄,梁国独如霜。"绿菊、紫菊、墨菊、多色菊,应有尽有。每逢金秋,在这座古城,菊们各呈异彩,美化着世界,美化着人们的生活。

人生当如此,只要对社会有利,能开出多艳丽的颜色都行。

菊 韵

菊花有韵,在说得出与说不出之间。韵之菊,菊之韵,可意会不可言传。风姿绰约,花开无声,只为完成自己的自然生命和历史使命,不好高骛远,不妄自菲薄,更不勾心斗角、自欺欺人,自修品德、自成风韵。这是一种宋韵,一种中国人特有的气质。

菊 思

菊有生命,自当思考。

从出生到开花、从怒放到抱香枝头、从根部孕育到来年发新芽,经历了多少风霜雪雨。然而,生命之灿,在于承受了诸多的阳光,在于接受了大多的雨露,在于得到了人文的关怀。生活像大海,那广阔的海面,承接了许许多多的阳光;

那广阔的空间，可以任你翻起美丽的浪花。可是，当你掬起海水尝尝，每一滴又都是苦涩的。

菊生如此，人生如此。我们的城市、我们的祖国亦如此。干吧，是花就该怒放。

人生如菊。

《开封日报》2010年10月12日

话 菊

菊花素以傲霜凌寒著称于世。

它们有的刚直不阿,有的端雅大方,有的龙飞凤舞,有的玲珑剔透,有的瑰丽若虹,有的洁白如雪,有的灿然似金……

菊花,源于我国。相传,最早的菊花都是黄色的。据有人研究,唐时才出现了不同的色彩。故诗文中多以黄花代菊。《礼记·月令》篇中的"季秋之月,鞠有黄华",是有关菊花的最早记载了。唐中叶以后,逐渐出现了白、紫等色的菊花。诗人刘禹锡曾有"家家菊尽黄,梁国独如霜"的诗句。萧颖士也有诗云,"紫英黄萼,照灼丹墀"。宋代以后,菊花品种逐渐繁多起来。

1984 年 10 月 31 日

茶宴·养廉·修身

近几年，古城开封的大街小巷多了一道风景，开了大大小小地几十家茶楼、茶馆。工作之余邀三五好友，或商谈事宜或小聚，都会选择在茶馆。临湖把茶、悠闲小叙，虽不及大宾馆、大酒店豪华气派，倒也有几分情趣、几分高雅。中华民族在很早以前就把茶文化发挥到了极致，不仅修身养性、养生健康，而且以茶养廉。

在中国历史上，茶从一开始就受到有眼光的政治家和统治者的赏识。公元前1066年，在周武王"伐纣会盟"时，南方八个小国的子民用药茶作为礼品献给武王。于是周武王用药茶设宴，以茶代酒招待各路诸侯、部落首长。这种以茶代酒的宴会叫作茶宴。据记载，商统治者沉溺在酒里，腥秽上冲，连天都发怒了。周文王和周武王与纣王相反，提出"以茶养廉"，对抗"奢侈腐败"。这是我国历史上较早记载"以茶养廉"的佐证。茶圣陆羽的《茶经》中说："茶者，南方之嘉木也……茶之为用，味至寒，为饮最宜精行俭德之人。"

东晋时，吴兴太守陆纳，目睹世风奢侈，设茶宴招待将军谢安。他并非吝啬，而是节俭，力倡以茶代酒。同时代的大将军桓温亦常以简朴示人。当时形成一种"以茶代酒"示节俭的风气。

唐代饮茶之风日盛，上自权贵，下到百姓，皆崇尚以茶代酒。史书记载茶宴见于中唐，唐"大历十才子"之一的钱起，曾与赵莒一块办茶宴，地点选在竹林之中。但他们不是像"竹林七贤"那样狂歌泛饮，而是以茶代酒，聚首畅谈，洗净尘心。在蝉声和夕阳映照之下，为记盛事，钱起写下了广为传颂的《与赵莒茶宴》诗："竹下忘言对紫茶，全胜羽客醉流霞。尘心洗尽兴难尽，一树蝉声片影斜。"

诗里描绘了一幅雅境啜茗图，除了令人神往的竹林外，诗人以蝉为意象，使全诗烘托的闲雅志趣愈加强烈。蝉与竹是古人用以象征高雅的意象之一，人们在自然山水的幽静清雅中拂去心灵的尘埃，舍弃一切世俗浮华，与清风明月、行云流水、静野幽林相伴，以求得心灵的升华。在唐代，云南普洱茶相当盛行，普洱茶中顶级的是紫茶，因其具有生于茶树呈紫红色、制成干茶呈墨绿色、置于杯中又呈青绿色的神奇变化，被云南少数民族称为"三色茶"。陆羽的《茶经》记有"茶者，紫者为上"，指的就是这种紫茶。

如今，以茶代酒日盛实乃大幸事，但愿"茶的味道比酒好"的理念更深入人心，流传开来。

《开封日报》2010年10月1日

那株不成形的白玉兰

　　花儿，总是美丽的，无论是草本或木本。人们不仅要求花儿艳丽动人，芳香四溢，而且想让她长得株形美丽，婀娜多姿。

　　我家搬进新居时，院内有一片绿化用的土地。我天生喜欢玉兰树那挺拔的身姿、硕美的花朵，喜欢它性格的纯洁、清高和盛夏簇生着的如伞般的绿盖。于是就计划栽种几株玉兰树，在从花市极认真地购了红、白、紫、黄四株大小相仿的玉兰树后，卖主见我购得认真而又不算少，临走时又主动送我一株小的：这棵小，不好卖，品种一样的，只是从小长在路边上，经常被轧得长不成形状，又长不高，送你吧，看你挺爱玉兰的。

　　我将四株漂亮的玉兰树均匀地分布在这块不大的土地上，看着它们修长的身段，青润的色泽，优雅的枝头上吐凸着毛茸茸的花蕾，那四株花蕾形状相似，仔细看去，红、白、紫、黄四种花色淡淡地含在其中，仿佛是一群天真烂漫的孩子在公交车上探头探脑地向外张望。再看这一株，五股六叉、干巴巴的样子，凌乱的枝头上散乱着米粒大小的绒芽，闹不清是花蕾还是嫩叶，不但弯曲，不成形状，而且瘦弱，只是根系倒还发达。我想：这也是一株生命。出于怜香惜玉，我把它埋在了最里边靠墙的地方。

　　功夫不负有心人，经过不断地浇水、施肥、拔草、修整，那四株标致的玉兰当年便扬花吐蕾，一朵朵、一枝枝、一树树，各呈本色、争奇斗艳、清香四溢、沁人心脾，还时不时地招蜂引蝶，好不热闹。引得邻居人见人夸：有眼光，上品味，选得好，栽得好，管得好。这第一年，那株不成形的玉兰，悄悄地躲在墙角无人问津，抽芽长叶，倒也旺盛。斗转星移、草长莺飞。不觉到了第二年，在残雪消融时，我发现那株仍不太成形的玉兰树，也同那四株标致的一样，枝头冒出毛茸茸的花蕾，仔细观察是白色的，不仅多，而且大，它的身躯已比上年挺直了许多，虽不及那四株高大，但在奋起直追。

　　三年过去了，那株已基本成形的白玉兰，虽先天不足，主干略屈，修剪遗留的疤痕较多，但远远望去，五株一排，英姿飒爽、姹紫嫣红、五彩缤纷、含绿挂翠、玉树临风，令人心旷神怡。

《开封日报》2010年11月12日

先生之风 山高水长

——我认识的范敬宜先生

范敬宜先生走了，永远地走了。

范先生是北宋名相范仲淹第28代孙，当代名人，报界翘楚，从政从文，德高望重，人品学品，誉满神州。

范先生位居正部级领导，《人民日报》总编辑，全国人大科教文卫委副主任。这样一位名人，我曾有幸三次单独拜见，聆听教诲，受益终生。

工作中不要唯书唯风

1998年3月，由海外范氏家族捐资兴建的远东外国语学院在杭州落成，举行落成典礼暨范仲淹铜像揭幕仪式。我应邀参加。范敬宜先生是特邀嘉宾，他当时正任《人民日报》总编辑，自然是高朋满座，贵客如云。我自愧形秽，一介平民，想拜见又怕吃闭门羹。晚宴结束时，我在走廊里斗胆递给范先生一张字条：在您方便时，想拜访您。署上了我的房间电话。没想到一个小时后，范先生就邀我到贵宾楼见面。我知道范先生不仅是高官，文章写得好，而且诗书画在国内外皆至峰巅，不免有些紧张。范先生和蔼仁慈，平易近人，没几句我就放松下来，范先生语重心长地说：改革是一场革命，首先在思想方面，改革的过程就是扬弃的过程，许多传统的闪光的东西不要丢，不能丢。我们党的政策就是学习继承古今中外的文明成果来为人民服务。比如先忧后乐思想，就与我们党的宗旨相吻合。工作中一定要结合实际，不要唯书唯风。

要有心力、有定力、有毅力

做人要有心力、遇事要有定力、工作要有毅力是范敬宜先生2003年对我说的话。当时，范先生任全国人大科教文卫委员会副主任，是我们教育工作者的最高领导之一，我借送孩子赴京考研究生的机会，去全国人大拜访他。范先生刚随领导出访归来，又在筹备教育卫生改革深化情况的全国调研，可谓日理万机。我非常感谢范先生拨冗接见，范先生要我详细地谈谈基层的情况，并说说自身的感受和愿望。范先生谈道：国家形势发展很快，百业正举，都在赶超世界先进水平。一些基层干部心情浮躁，急于出政绩，科学发展落实得不够。谁不想发展？谁不想辉煌？但，要讲科学发展观，要用心干工作，遇事要讲原则，按规矩来，不好大喜功，不妄自菲薄，不以物喜，不以己悲，有目标，有定力。工作要有连续性，遇到困难要坚持，学会智慧处理，毅力是基础。他又亲切地嘱咐我：你在基层工作，开封是个好地方，要把工作当成事业做，要有心力、有定力、有毅力。

离基层越近，离真理越近

范敬宜先生从全国人大领导岗位上退下来以后，高风亮节，宝刀不老，欣然接受清华大学的邀请，做了清华大学新闻与传媒学院首任院长，用自己一生的积累和才华，培养新闻人才。他亲自备课和授课，并结合教学实践，创造性地提出离基层越近，离真理越近的著名论断，鼓励学生们贴近实际，贴近群众，贴近生活，还把学生写得有价值的调研报告，推荐给中央领导看。在与清华学子的相处中，范先生了解到有不少品学兼优的学生，家境贫困，他在清华大学设立奖学金，资助学生完成学业。我便在清华大学又一次拜见了范敬宜先生。范先生的几段话我至今记忆犹新：教育人是最有意义的工作。写文章，文风越平易越感人。不要只看到眼前一公里，要了解960万平方公里的喜怒哀乐。苦难是一种不幸，但也有它的两面性，会有一些偏得，有你在正常情况下得不到的东西。历史会出现各种曲折，甚至是逆流，但是，千回百转最后，还是要顺应老百姓的愿望。

才华横溢、和蔼可亲的范先生走了。

茹苦如饴、矢志不渝的范先生走了。

范先生词云：平生愿，惟报国，征途远，肯宁息？到峰巅仍自朝乾夕惕，当日闻鸡争起舞，今宵抚剑犹望月。念白云深处万千家，情难抑。

有的人活着，他已经死了；有的人死了，他还活着。

云山苍苍，江水泱泱，先生之风，山高水长。

做人当如范敬宜。

《开封日报》2010年12月3日

祥符赋

祥符，乃开封县。居中原之中，位黄河南岸，自夏以降，汴京熠熠而生辉，黄河滚滚而长流。平畴东望，中岳西耸，殷商北构，汉象南寻。春夏秋冬，沧海桑田，白驹过隙，光阴荏苒，在祥符这块土地上，物华天宝，人杰地灵，天朗气清，惠风和畅，历史风云几度聚集，神州大地改地换天。夏、魏、后梁、后晋、后汉、后周、北宋、金八个朝代在县境内建都时间长达577年，历代在县境内连续设郡、州、道、军、府、路、省治所和专员公署。祥符大地，4000年为河南及中原地区的政治、经济、文化要地，600年为全国的行政、经济、文化中心，是全国少数几个建都时间最长的县域之一。林林总总，数不胜数；堂堂中华，伟哉中原；皇皇史册，厚重祥符。

自古得中原者得天下，得祥符者得中原，在这块古老的土地上，曾有过数不清的举世瞩目和光彩照人，有过不胜枚举的英雄豪杰和世间万象。在历史与人生的大舞台上，演出过许许多多威武雄壮、惊天动地的经典活剧。群雄并起，战车万乘，旌旗如云，扭转乾坤者有之；励精图治，公正廉明，一身正气，两袖清风者有之；醉生梦死，灯红酒绿，栏杆拍遍，仰天长啸者有之；饱读诗书，慷慨直言，寄君尧舜，再淳人间者有之；金戈铁马、气吞万里如虎者有之；元嘉草草，赢得仓皇北顾者有之；锦帽貂裘，千骑卷平冈者有之；画船载酒，晓风残月，荷摇十里香者有之；恨不抗日死，留作今日羞，国破尚如此，我何惜此头者有之；他心里装着全体人民，唯独没有他自己者有之；曾经沧海难为水，除却梁园总是村者有之……不说李白、杜甫、白居易、范仲淹、苏轼、王安石，也不说唐宗、宋祖、包公、乾隆帝，仅北宋以来，决定全国政局的战争就有过两次。

绍兴十年（1140），岳飞自湖北直驱河南，越吴胜、战许昌，至祥符朱仙镇八百破十万，金兀术大为惊恐，几欲自刎，悲呼，"撼山易，撼岳家军难"。收复中原，统一中华，已成定局，无奈主和派当政，皇帝自私心理，一日金牌十二道，令岳退兵。是日，朱仙镇上百姓哭拦马头，泪洒十里。此后便有了史书上的忍痛班师，功败垂成，有了"莫须有"的罪名和风波亭前的千古奇冤，有了岳飞对天长叹的天日昭昭，天日昭昭……

1642年，李自成与明将左良玉，各投入兵力40余万，以朱仙镇为中心进行决战，当时祥符大地上，千乘雷起，万骑纷纭，元戎竟野，戈铤彗云；羽旄扫霓，旌旗拂天，日月失明，大地摇震，激战数日，明军大败。明朝政府，一蹶不振。这一仗，为李自成长驱直入北京城举行了盛大的奠基礼，也奏响了明王朝走向坟墓的哀乐。

祥符北倚燕赵，南通江汉，东承齐鲁，西接陕川，四面八方，皆汇于此。不用说广为流传的包公疏浚，于谦治河；不用说梁山108将被朝廷招安，用药酒害死后的埋葬地百亩（墓）岗；不用说中国门联的发明者，后蜀皇帝孟昶墓；不用说位于今杜良乡境内的夏都遗址国都里；也不用说春秋故都凤凰城陈留，战国猛将朱亥的诞生地仙人庄，墓葬地朱仙镇；更不用说开封城前身，至今约3000年的遗址古城村，唐末农民起义领袖黄巢墓黄岗；汉代大儒严子陵墓子陵岗，汉代大学者蔡邕、蔡文姬父女的故地赵千寨，汉代大画家毛延寿墓毛儿岗……单就一代伟人毛泽东主席留下的足迹就够发人深省的了。雄才大略的毛泽东，一生从不向任何困难和任何人低头。他老人家一生说过许多气壮山河的话，但，当他站在黄河岸边时，神情庄严，满怀深情地说：世界上什么都可以藐视，唯有黄河不能，黄河就是我们这个民族。祥符大地的泥沙，就是黄河历代深情的馈赠。历史上，我们这个民族多灾多难，但不论多么大的困难、多么坎坷的道路，我们的民族时刻都能自信自强，多难兴邦。

祥符大地物产丰富，人文荟萃，汴梁西瓜，名扬天下；开封花生，美誉盛传。在县域中八个朝代建都的577年里，该有多少人物，叱咤风云；该有多少事件，震古烁今；该有多少历史烟云，随风飘散；又该有多少珍贵文物，深藏地下。汴京的城摞城，汴河的兴与衰，连朱仙镇年画还为中国的古年画之首，中国年画的发源地之一。太厚太厚的史册，太多太多的故事，奠定了祥符腾飞的基础；得天独厚的地理优势，科学发展的长远规划，又为祥符腾飞准备了条件。山河在，青史在，民心在，今日祥符，政通人和，百业竞举，公路铁路，四通八达，百姓安居乐业，社会祥美和谐，发展方兴未艾……

古都开封，魅力祥符。据中原而通天下的祥符，是一轮跳出地平线的太阳。

《新祥符》2011年第1期

牧云楼记

牧云楼位于黄河下游南岸，古汴西侧。牧者，指挥，云者，天之仙丽。登楼环顾，为之一新，中原名宿，作品琳琅，高文华章，四壁生辉。楼不在高，在实、在文、在净、在贤；居不在富，在清、在雅、在韵、在逸；人不在大，在诚、在平、在敬、在恒。牧云楼聚散美丽，诗意栖息，桃花流水窅然去，别有天地在人间。

牧云楼主令更先生，中原文学翘楚，东方诗坛巨擘。年届花甲，仙风道骨，鹤发童颜，大道至简。一身唐诗宋词，两肩中外雅韵。年轻时曾执教河南大学，主编地区文学，足迹所至，方正且深，长出诗来。在职在野，高朋满座，在汴在外，意境高远。先生携三两诗友，徒步考察黄河，自入海口至巴颜喀拉山，历时两年，筚路蓝缕，风餐露宿，得诗千首，以黄河采风万里行刊世，一时洛阳纸贵，好评如潮。呜呼，能富贵者易，能持贫者难，穷且益坚，不坠青云之志，世事纷争，不改赤诚之心。光阴荏苒，草长莺飞；流年似水，初衷不变。令更先生，不愧人间走一回，真英雄也。

今先生自建牧云楼，坚守信仰，坚持道德，坚定诗心，守望诗坛，虽简陋贤者云集，有信仰幸福常在。四周少巨贾，鲜权贵，多平民。昼日夜月，春夏秋冬，把酒论诗，谈笑风生。耄耋垂髫，一视同仁，水平参差，济济一堂。仁者更仁，俗者渐仁，幼者诗中长大，老者诗中回味，变不可能为可能，变不可为为可为，尽己之力，净化一方。诗不在多而在精，人不在富而在品。许多事，对社会，当干就干，为而不有；对人，宽容为怀，以德报怨；对己，减而不增，淡而不浓。不为世俗累，不为独善乐，画无笔无墨图画，写有山有水文章，兰亭修葺，草庐论国是也。

国家兴亡，匹夫有责，堂堂中华，盛世当歌。友人戏言：到开封不到牧云楼者，游遍铁塔、龙亭、相国寺，也未到开封。牧云楼，精神高地、灵魂居所也。至此忽悟：大智若愚，大巧若拙，大象无形，大雅无声。人，活着就是让别人活得更美好。牧云楼是也。

受命楼主，意浅言拙，惭愧，是为记。

《开封日报》2011年5月27日

池东草堂记

世间万物，天地运行，正气也。

千年大树，多居谷底，鲜峰巅也。海拔四千米，生命禁区，其下，植被广众者，小草也。水淼，江河湖海；水寡，山涧溪流；水，定而静者，池也。池者，不以小而馁，不以浅而颓，游鱼可数，悠闲自得。潋滟氤氲，净化一方。或环芷汀兰，碧树生花；或外漫小草，郁郁葱葱；或一流环带，十里摇翠。春来生机盎然，夏来姹紫嫣红，秋来溢彩流丹，冬来白雪如练。池东一居，低调谦虚，谓之草堂。草者，普通、平凡。人间结庐，不求闻达，无山岳之巍峨，无江河之澎湃。草长莺飞，时光荏苒，静也，净也；境也，敬也？物我两化，天人合一，自然之美，美之自然。

池东草堂主人凤安先生，年逾古稀，道风仙骨，世事万象，了然于胸。不矻矻于名利，不役役于纠纷，深邃淡定，温文尔雅；布衣简车，粗茶淡饭；筚路蓝缕，以启山林。但开风气不为师，腹有诗书气自华。严于律己，宽以待人；思接千载，视通万里。侠气未除犹论剑，机心已息不观棋。先生幼喜写字，苦穷乡僻壤，无师可承。戊戌移居大梁，与桑凡先生共事书画，同拜靳志先生门下，常得武慕姚、李白凤二先生耳提面命。机遇皆留备人，靳、武、李、桑四先生均全国大家，神州驰名。靳志先生，德高望重，乃民国先驱，历任各级政府高级官员。书法技艺，阳春白雪，举世闻名，于右任先生称其无人能匹，引为挚友。得此机遇，先生久旱逢霖，如鱼得水。不去山前寻司马，却到荫下晤孔明。龟甲篆简，殚精竭虑；六书造字，披沙拣金。晋韵、魏趣、唐法、宋意、元明扬古，清碑求变。一路走来，满面春风。世事沧桑心事定，胸中海岳梦中飞。

时逢百业俱兴，社会稳定，国家富强。经济可以爆发，物资可以剧增，唯文不可。文字、文学、文艺、文化，自"文革"以降，趋利浮跌，断层严重，今中央开明，百姓呼吁，仍积重难返，不如人意。故，须沉淀、冷静、传承、厚重，须继承中发展，实践中创新。颜骨柳韵，守拙守正，凤安先生一也。

不抱残守缺，不一叶障目，不妄自菲薄，不随波逐流。

实实在在，兢兢业业；安分守己，勤勤恳恳。欣欣然安居乐业，悠悠哉心旷神怡，只与人家比种田，不与人家比过年，仁、义、礼、智、信；温、良、恭、俭、让。屋临池水琴书润，月摇竹影翰墨香。凤安先生二也。

　　鸳鸯绣出凭君看，金针还应度于人。兀兀于理想，汲汲于平凡；知足知不足，有为有不为。人恩己者，恒念；己益人者，速忘。不以恶小而为之，不以善小而不为。一技在身，泽及后生。严于律己，宽以待人。有一分光，发一分热。凤安先生三也。

　　时之变，四季也；人之贵，在自觉，人能自觉，圣贤之路。盛世者，规范也。国家富强，社会公平，个人诚信，国梦也；中国胸怀，世界眼光，公民必备。人生一世，知书达理，谦恭敬畏，天人合一，东方传统；康德批判，尼采学说，霍金预言，西域宏论。盖之，马克思也。此乃潮流，顺之则昌，臻不待言。山不在高，水不在深，人不在富，名不在大。行文短浅显，做人诚平恒。遵纪守法，公民之最低标准也。之上，好人也。好人难做要做，好人吃亏要吃，好人无名心安。交有德之朋，绝无益之友，取本分之财，闭是非之口。想己想人想国家，利人利己利社会。沧海桑田，芸芸众生，好人日隆，社会文明。苟利国家生死以，岂因祸福避趋之。国运昌盛，吾辈重责。

　　诸葛庐、子云亭、抱冲斋、池东草堂，脉承也。

　　才疏学浅，受命为愧，虽不能至，心向往之，是为记。

2003年5月20日

顶　峰

　　还是去年暑假的时候，我与老校长结伴去登华山。一开始，我们是在一条石砌的通道上走着，那通道砌得整齐、平坦，棱角分明的石块拼抹成杂而不乱的图形，有灰有白，有青有红。途中还不时地可以看见有修路工人在修复通道旁的栏杆。我兴致勃勃，将老校长手中的东西一股脑儿抓了过来，挎在自己肩上，大步地在前头走着。

　　华山果然是名不虚传，峰回路转，怪石迭出，愈走愈奇，愈奇愈险。刚转过五龙桥，迎面矗立着一座拔地而起的山峰。那刀削似的石壁，那巨石裂缝中倒挂的松柏，那峰顶上弥漫着的山岚，使我立刻想起张大千笔下的长江三峡，想起李白《梦游天姥吟留别》中的诗句。"要是在这座山峰上刻上诗词壁画，或刻上一幅大的浮雕，那多气魄，那将是真正的世界艺术珍品。"我不等老校长回答，又接着议论下去，"刻龙门石窟和乐山大佛时，怎么把这里给忘了，多可惜呀，是吧？"没人应声，一回头，我已经甩下老校长有几十步远了。老校长赶上来："不要急，远着呢！"

　　穿过石门，爬上青稞坪，翻过回心石，靠近了华山主峰。一回头，我说可以刻诗词浮雕的那座山峰已在脚下了。抬头望去，华山主峰上怪石嶙峋，云雾缭绕，几群登山的人，随着山道的崎岖在我们头顶上时隐时现。到了，快到了，功夫不负有心人，我整理了一下自己的行装："校长，希望就在前头，我看用不了一小时，咱们就可以在山顶上'一览众山小了'。"老校长抬头向上望了一眼笑笑："别急，还远着呢。"

　　我们又爬了很长一段路，一段比一段艰难，一段比一段需要毅力、胆量和信心。特别是擦耳岩、青龙背和上天梯，那近乎90度的陡坡、那身边万丈深渊的路。真是："入之愈深，其进愈难，而其见愈奇。"怪不得当年韩愈至此，正兴致勃勃时，猛一回头见脚下层云横生，惊恐万状，手中书卷一下子跌落崖底，给后人留下了韩愈投书处的记载。继续走，如步入仙境，忽而是悬崖峭壁，层峦叠嶂；忽而是巨石压顶，山穷水尽；忽而是苍松翠柏，鸟鸣花艳；忽而是豁然开朗，视通万里。景外有景看不尽，峰上更见一重天。抬头看那顶峰，实实在在，依然还在前头，看去很近，实则很远……果然被老校长言中。

　　现在，不论是那陡峭挺拔的主峰，还是那验人胆略的山路，都时常浮在我的脑际。我想：广而言之，在我登华山以前或以后，都有许多山峰令人神往，那目标实实在在，就在眼前，似乎举足可达，可那岁月之光依然在崎岖的山路上流动，那顶峰也依旧十分遥远，因此，要加劲登啊，顶峰，就在前头……

　　　　　　　　　　　《东京文学》1987年第5期，总第43期

内蒙古纪游

暑假期间去了趟内蒙古，所见所思极值一记。内蒙古是我国第一大草原，第二大高原，第三大省区。纵跨三北（东北、华北、西北）南接八省，北邻俄（俄罗斯）蒙（蒙古国）。边境线长达4200公里。整个内蒙古可分三大块草原纪游：东部是呼伦贝尔草原，大兴安岭由东北至西南将呼伦贝尔大草原一分为二；中部是锡林郭勒草原，这里是新中国成立前的原察哈尔省首府，是离首都北京最近的少数民族地区，也是蒙古人最为粗犷强悍的地区；西部以鄂尔多斯、阴山（今大青山）南麓草原为主，苍茫的大青山将西部的大草原东西走向一分为二，著名的民歌"敕勒川，阴山下……天苍苍，野茫茫，风吹草低见牛羊"，唱的就是这里的景色。

一、内蒙古历史悠久

作为中原人的我，对家乡开封古老的历史、辉煌的往事，每每对外人说起，总是眉飞色舞，自豪之情溢于言表。到了内蒙古才知道真正历史悠久的是他们，内蒙古赤峰是红山文化遗址，红山文化是比中原仰韶文化还要早的，赤峰还是中华第一龙的故乡（20世纪在翁牛特旗发现），距今已有8000余年了。通辽市与辽宁省朝阳市同为中国化石的主产区，第一只会飞的鸟化石（始祖鸟）就是在此地发现的。据《人民日报》2012年4月6日消息：我国在通辽、朝阳一带发现迄今体形最大的带羽毛恐龙化石，被命名为华丽羽王龙。内蒙古西部的阴山南北更是人类始祖的摇篮，许多石刻岩画今天还未破译。仅近几千年来，中原有文字记载的历史风云就够令人感叹了。

纵观中国历史，自秦以降，主要对外战争均发生在北方，汉与匈奴、北魏与柔然、隋唐与突厥、明与鞑靼、清与准噶尔等长期征战均发生在大阴山以南，至黄河河套地区。千余年来，累累白骨换来了封建统治阶级一时的安全与繁荣，也成就了"昭君出塞"与"苏武牧羊"，成就了"不教胡马度阴山"与"杨业碰死李陵碑"。当然，也有不少民族和解与和睦的时候。呼和浩特与包头的名字就很能说明问题。蒙古语中，呼和浩特是青色的城，包头是有鹿出没的地方，这两个城市，都是民族交流的主要地点。内蒙古中西部大大小小20多座被称作"青冢"

的昭君墓，就反映出这些地区民族和谐的渴望。大青山南麓到河套地区与东部的呼伦贝尔是两片自古以来最丰美的草原，呼伦贝尔是这些游牧民族成长的摇篮，这些游牧民族在此发展壮大，又向西经过锡林郭勒草原的强悍培训和锤炼，最后经大青山南麓草原备战，向中原地区发动进攻，突破长城防线，长驱直入，进入中原汉人的中心地区。在这条历史的走廊上，一千多年来，匈奴人让秦汉风雨飘摇，鲜卑人进入黄河流域建立了北魏，还凿刻了大同云冈石窟与洛阳龙门石窟，契丹人进入黄河流域后创建辽国，女真人创建了金国，蒙古人则创建了横跨亚欧的元帝国，甚至在元末战败，元顺帝仍带残兵败将逃回呼伦贝尔，妄图在自己的摇篮里东山再起，但历史已经不再垂青于他们了。

为了抗击外族入侵，从战国时赵武灵王，便开始在大青山一带修筑长城，今天可见的赵长城遗址还从河北省宣化经过山西西北部折入大青山，直到乌拉山与狼山的缺口，长达260多华里，平均高5米左右，可见当年的雄伟。记得历史学家翦伯赞写过一首《登大青山访赵长城遗址》的诗：骑射胡服悍北疆，英雄不愧武灵王。邯郸歌舞终消歇，河曲风光旧莽苍。望断云中无鹄起，飞来天外有鹰扬。两千几百年间事，只剩蓬蒿伴土墙。

二、内蒙古飞速发展

内蒙古真是个神奇的地方。它物产丰富，风光秀美，改革开放以来，焕发出了勃勃生机。不论是呼和浩特、包头、赤峰等大城市，还是锡林郭勒、呼伦贝尔、鄂尔多斯、乌海、通辽、海拉尔等新兴城市，包括所有的旗、县、县级市，甚至一些乡镇都建设得干净整洁、高楼林立。从靠近北京的多伦县城到与蒙古人民共和国接壤的东乌珠穆沁旗，如果不是城外辽阔的草原，飘着白云的蓝天或大街上蒙古族服饰的提醒，你会想不到这是祖国北疆内蒙古，还以为是置身于东南沿海发达地区的城市呢？因为高楼、汽车、广告牌、霓虹灯、电脑、手机比比皆是，人们交往除了本地人之间，都用普通话。大街上人来人往，商店中琳琅满目。牧民的蒙古包已经很少了，即便是在呼伦贝尔和大青山南麓、锡林郭勒盟这些地方，碧绿的草原上也只是远远地点缀着一个或一排大大小小的蒙古包。而且，大多数也是为了旅游修建的，不再是帆布的了，都是下面用砖和水泥垒成圆墙，在上面修个圆顶，远望与过去的一样，近看现代化设备一应俱全，包内空调、彩电、冰箱、烤箱、包外停车场、小卖部，各种酒水饮料齐备。牧民们安居乐业，席间一问，令我大吃一惊，西乌珠穆沁旗人均一万亩牧场，东乌珠穆沁旗人均近二万亩草场，牛、马、羊们自动外出，吃饱了卧地休息，渴了到洼处湖泊喝水，晚上主人才赶它们回家。放牧者多是年轻人，唱着歌，骑着马，有的开着汽车或摩托车放牧，蓝天、绿地、白云、红顶小屋，广阔、自由、潇洒、奔放，那真叫爽快。

内蒙古的同志介绍说，党的政策好，人民满意。内蒙古现在是"羊（扬）煤（眉）土（吐）气"了。"羊"指畜牧业，"煤"指露天煤矿，"土"指稀土，"气"指天然气。这四大特产，使内蒙古各项工作都走在了全国的前列，并有多项超过广东、山东，居全国第一。

三、内蒙古人热情豪爽

内蒙古地域宽广、山川旖旎，内蒙古人热情好客、性情豪放。认识不认识，只要走进蒙古包就是朋友，不论男女老幼，均诚邀你就餐饮茶，热情有加。我们常说：今之人心不古。古代人心是什么样，今不可见，但内蒙古人的不设防，待人以诚，应是中华民族的传统美德之一。在边境县城东乌珠穆沁旗，我的手机没电了，充电器也忘在了锡林郭勒盟，到街上找商店买一块新的，店主竟骑摩托车跑了近一小时才为我配到了同型号的电池，并且坚持不多收一分钱。在赤峰、在多伦、在呼伦贝尔大草原的蒙古包、在边防哨所，我们都受到了热情的接待，那感觉真跟在开封一样。

就餐方面，内蒙古的牛羊肉真正是"绿色食品"。传统蒙餐宴丰盛多姿，牛羊肉也做到了极致，几十种吃法让你目不暇接，各种汤水中都有奶或花生芝麻之类，配上制作考究的紫铜蒙式餐具，加之蒙酒的强悍奔放，显示出一种丰盛、热情、尊重、高贵，令人记忆犹新。负责接待的旗宾馆姑娘美丽大方，即兴演唱蒙古族民歌，辅以民族舞蹈，真叫人流连忘返。我们羡慕内蒙古好风光，她们却羡慕中原好地方。

内蒙古归来，我常想：江山如此多娇，生命时不我待。人，还是要踏踏实实工作，正正派派做人，不要总是这山望着那山高。做不了太阳就做星星吧，或者做萤火虫，有一分光发一分热，逆境顺境都能过，平平淡淡才是真。离基层越近，离真理越近，只要兢兢业业，太阳能不打咱门前过？

路卓《新祥符》2012年第4期

月下断想

月光如水，碎银遍地，虫儿自由地在路边吟唱，白天里一些必须想、必须干的事都远去了。晚风习习，什么都可以想，什么都可以不想。独自月下散步，真是一种享受，一种独处的美，是人生的一种境界。

"江畔何人初见月，江月何年初照人"，是对历史的叩问，哲学的思考，是人对生命现象的探本求源。"年年岁岁花相似，岁岁年年人不同"，世界是物质的，物质是运动的，运动是变化的。

工作、家庭、情感，多少事搅在一起。多少事，心来急，天地转，光阴迫，一切都在浮躁，一切都想快餐化。皓月当空，寂静无语，任人评说。什么叫天人合一？怎么才能和谐？人与人？人与自然？人与社会？人与内心？多少事离谁都可以。不要把自己看得太重，不要太在乎自己，只要无私，只要与人为善，心底无私天地宽。人生重要的不是方法，是方向。

勿以恶小而为之，勿以善小而不为，"衙斋卧听萧萧竹，疑是民间疾苦声。些小吾曹州县吏，一枝一叶总关情"。人，要敬畏，要感恩，要知足。

北京植物园中有个黄叶村，一排老屋，几棵两人合抱不住的沧桑古槐，秋风飒飒，黄叶飘零。树下错落有致的石头上，经常坐着当代大学者和一些大师，这是曹雪芹故居，名黄叶村。门前一块石头上刻着周汝昌先生书写的清郭敏送曹雪芹的诗句，"劝君莫弹食客铗，劝君莫扣富儿门，残羹冷炙有德色，不如著书黄叶村"。曾国藩也说过：钱也大，权也大，后世子孙祸也大。

我们常给学生讲：知识改变命运。自古英雄多磨难，中国目前两亿农民工，他们的孩子教育问题，早已引起了从国务院到地方村干部及社会各界的关注。10年、20年、30年后，中国的政治家、军事家、科学家、企业家，也许就出自这些孩子，别看现在他们的处境仍然不尽如人意。

近几年以美国为首的西方国家恐惧中国的崛起，挑动教唆周边国家不断骚扰中国、钓鱼岛、黄岩岛、太平岛，涉藏、涉疆问题层出不穷。纵观目前中央对外政策，韬光养晦，坚守原则，从更高更远处考虑国家利益，对外有理、有利、有节、有底线、有尊严，是中华民族最高智慧的结晶。中国只能和平崛起。我们找准今天的路不容易,这是历史的选择。

一个国家或地区的发达,首先是公民意识的自觉,当今社会上的几种思潮,左派思潮、民主社会主义思潮、自由主义思潮、民族主义思潮、民粹主义思潮、新儒家思潮、宗教思潮等,都应当冷静思考,从中国发展的长远利益出发,坚持科学发展观,去掉自己不切实际的、图一时之快的想法和做法,坚定不移地走中国特色的社会主义道路。

人人都努力做好本职工作,各行业都力争上游,中国的事情办好,靠的是我们全体中国人的脚踏实地。

今天,我们培养孩子,需要的是中国胸怀,国际水平,世界眼光。学国学不仅没错,而且应该提倡,这是我们的根。有了国学根基,我们更应该学现代科学,只有掌握了科学技术,我们才能无敌于天下。这不仅关乎着每个孩子,也关乎祖国和民族的未来,这是每一个家长和教师肩上沉甸甸的责任。

《新祥符》2012 年第 5 期

长风万里草青青

因为工作关系，我又一次飞抵贵阳，前几次来，黄果树瀑布去过了，花溪去过了，黔灵公园也去过了，迎来送往之后，心儿便懒惰起来，躲在宾馆里看新出版的《人民文学》，去暂圆一下年轻时的文学梦，去与余秋雨对话、与贾平凹交谈。"躲进小楼成一统，管他春夏与秋冬。"

"砰砰砰"，敲门声把我从纯文学的驰骋中拉回，贵阳文友来访，我高兴地一下子从床上跳下来，握手、问候，海阔天空地乱侃。文友问我，愿不愿到一个能使人心动的地方去看看，他的汽车就在楼下等候。我根据前几次在贵阳的所见所闻，不以为然地说："看什么，再好的地方去的次数多了，也就没了兴趣，还不如咱们就这样指点江山、激扬文字呢！"文友说："这地方一定打动你，因为那里埋着许多河南人。"我知道：人，要真正地超脱和思索，还是站在墓地上，因为那是一个个凝固了的曾经是鲜活的生命，他们已经走完了我们正在走的路。有灵性的人，往墓地一站，思想的闸门会哗然而开。于是，我们前往贵阳烈士陵园。

烈士陵园的大门高大庄严，加之依山傍水，四周青翠欲滴，重峦叠嶂，使人想起"青山有幸埋忠骨"的诗句。走过繁花似锦的庭院式广场，穿过叠绿挂翠的甬道，我们缓缓来到陵墓区，远远望去，一排排墓碑，一座座坟茔，整齐地顺着山坡排列，庄严肃穆，无声无息。人，总是喜欢从自己的角度考虑问题，我不知不觉地顺墓碑去找河南人。在解放战争烈士区，我惊讶了，我的那么多老乡长眠在这里。我粗略数了一下，有100多个。墓碑上的简历告诉我：他们中有男有女，年龄大的才36岁，年龄最小的仅18岁。他们大多来自河南省的杞县、长垣、滑县、范县，职务最高的是团政委。50年过去了，风风雨雨，沧海桑田，他们为之奋斗的理想在50年前就实现了。现在，中国人民不仅站起来了，而且也富起来，他们却静静地躺在这里，躺在这青山绿水之间，我想：他们该含笑于九泉了吧。

陵园墓区除我和文友外空无一人，灿烂的阳光照射着迷人的花木，也照射着白光光的水泥坟墓，照射着一个个令人激动的墓碑和墓碑上的简介。我想：如果我们每一位公民都像这些默默无闻的烈士那样，兢兢业业，义无反顾；如果我们的每一位领导干部都像周恩来、孔繁林、焦裕禄；我们的每一位同志都像雷锋，像赵春娥、李素丽，我们还有什么问题解决不了，我们的社会风气怎么会不见好转，我们的民族怎么会不立于世界前沿？不能我为人人，怎么可能实现人人为我？我们经常说要严于律己，宽以待人，宽以待人的前提是严于律己！鲁迅先生的在解剖别人之前先严格地解剖自己是伟大人格的真诠。

  望着烈士陵墓，我想，如果他们活着，最大的年龄也只有86岁，最小的68岁，他们是革命功臣，会像我们一样过着幸福的生活，但他们毅然地走了，走得义无反顾，走得伟大高尚，走得令人敬佩。站在他们的墓碑前，还有什么想不通的，还有什么名誉地位不能抛弃？生命的辉煌不在数量而在质量，那些个跑官要官的、请客送礼的、钻政策空子的人们，不汗颜、不脸红吗？如果良心还在的话，不无地自容吗？

  在水泥陵墓的裂缝中，有青青的小草顽强地长出，这里离家乡近万华里，我的老乡，敬爱的烈士们，如果再来贵阳，我还要来看望你们。

      《东京文学》2000年第5期，总第113期

夜宿马六甲

  中学时代就对郑和下西洋路过的马六甲海峡极感兴趣,没想到,因工作关系还真有了去的机会。

  从新加坡机场出来,天已近下午,匆忙穿越并不辽阔但十分精美的新加坡地域,渡过柔佛海峡,便到了马来西亚南端的城市新山。此时已是下午3点,汽车在马来西亚的原野上奔驰,映入眼帘的是一大片一大片望不到边的棕榈树。高速公路两旁,不时地看到光着脊梁或只穿短衣劳作的人们,他们把一大串一大串棕榈果实从树林中拖出,放在机动车上,许多果实外壳开裂,露出红红的、圆圆的果子。

  夕阳西下,汽车在加速,半天也看不到一个村庄,稀少的人口使得这里的人们有充足的物质生活资料,也处处呈现着一派山清水秀、地绿天蓝的自然之美,很少有人为破坏的痕迹。傍晚时分,我们到了马六甲市区。

  马六甲的导游"彼得张"热情地接待了我们。"彼得张"是英文称呼,他是第三代华侨,祖籍福建漳州。他爷爷年轻时漂洋过海来到马六甲,现在他爷爷已经去世,就埋在不远的中国山上。

  这真是一段血和泪组成的悲壮史:

  20世纪30年代,国内军阀混战,天下大乱,民不聊生,他爷爷和12位青壮年坐一条破船,在海上漂浮了一个多月,才看见岛屿,就这样来到了马来西亚。"彼得张"给我们讲道:在国内难,出来更难,哪里会有穷人的活路呀!听爷爷说,刚来时简直无法立足,兵匪地痞尔虞我诈,加上黑社会与海盗,整天提心吊胆,惶惶不可终日。好在咱中国人养成了吃苦耐劳、不肯服输的优点。天长日久一个个住了下来,立住了脚,又渐渐发展起来,许多人比当地土著富得多了。后来抗日战争爆发,华侨们省吃俭用支持祖国抗战。"彼得张"深情地说:"没有强大的祖国,华侨在外受欺压呀!像一个家庭一样,大人立不住事,孩子在外也被人看不起。"

  我告诉"彼得张",我知道,你说的中国山就是三保山,是马来西亚为纪念郑和而命名的山丘。相传15世纪60年代,马六甲王向中国求亲,明王朝将汉丽宝公主嫁给马六甲苏丹·曼斯为后。苏丹将一块65公顷的山地给公主构筑宫殿，并把这山地命名为中国山。郑和下西洋时来到马六甲也曾驻扎在此山，后人又称三保山，据说山脚下还有三保庙和三保井。"彼得张"说你还真了解情况，现在山下有颇具规模的三保公庙，内存郑和遗像和雕塑，庙内有一井，相传为郑和所凿，井里至今清水泉涌。现在人们把井围起来加以保护，以示对三保的纪念。"彼得张"说，这里的人们历来都以中国人为朋友，生活在马来西亚，甚至于生活在印度尼西亚和新加坡的华侨更是把三保山看成是心中的圣地。一些老华侨一生含辛茹苦，省吃俭用，临终前总是留下遗嘱，要儿女们不论克服多少困难，也要在三保山上购一块墓地，把自己埋在那里，一生奔波，回不到中国了，能埋在中国山上也算了却了一桩心愿。

  第二天一大早，我就从宾馆出来，向三保山奔去，怎么说呢？此情此景，令人无不动容。并不算高的三保山坡上，从山脚下的公路旁起错落有致地排着一行行的墓碑。远远望去横竖参差，一眼望不到边。墓碑是特制的，只有20厘米宽，50~60厘米高，白白的，上面刻着字。中国人下南洋的太多了，这65公顷的封山镇地根本不够，又扩大到三保山的周围，甚至扩大到了马六甲市区都有成片的这种墓碑，埋在这里的中国人大都入了当地的国籍，可墓碑上无一不是写着：中国××省××县××。我的心不禁激动起来，我为我们中华民族有如此巨大的凝聚力而感到骄傲，我为自己是一名中国人而倍感自豪。我急急忙忙地沿着墓碑间的小道向山顶走去，一边走一边细心地看着墓碑上陌生的名字，看着他们的籍贯，大都是福建、浙江、广东、广西。

  从山顶下来，我走得很慢，记得余秋雨先生说过：世界上再没有比墓地更令人深思的地方了。这里安息着6万多位华侨，这6万多块墓碑下，当年是一个个鲜活的生命，他们有男有女，有穷有富，活着时都奋斗过、拼搏过，都爱过、恨过，最后带着对祖国的依恋走向了另一个世界。今天，我们的祖国富强了，中国人民不仅站起来了，而且也日益富起来了，祖国的同胞们也可以安息了。

  从三保山走下来，对面升起火红的太阳，"彼得张"喊我吃早饭，他说：明年春天，他要带全家回祖国去看看。

《东京文学》2001年第3期，总第117期

潭头印象

从九朝古都洛阳出发，过龙门，穿伊川，越嵩县，曲折南行，一路风光，一路山水，一路欢笑。出嵩县界不远，拾伊水而上，转过几个葱翠的山峰，便到了栾川县的潭头镇。

潭头镇地处豫西南山区腹地，这里山川秀美，民风淳朴且物产丰富，特别是这几年发展旅游业，重渡沟、九龙山温泉等一大批著名景点的开发，使潭头镇日趋有名，经济状况也一路攀升，成为豫西南的重镇，闻名遐迩。

不必说重渡沟景色宜人，那飞瀑、那竹海、那幽林、那怪石、那独具闲情雅致的农家小居……不必说九龙山温泉中州一绝，那水温、那地热、那龙头泉口、那满山青翠，那点缀山林间的宾馆，那极目远眺，风云变幻的山景雾岚……

作为历史系毕业的河南大学学生，我忘不掉潭头在抗日战争中的一段血与火、恨与泪的历史。

那是1937年，日寇的铁蹄践踏我祖国大好河山，国民党政府软弱无能，致使1937年底，河南战事吃紧，开封形势危急。为保存文化教育精英，河南大学开始从开封迁往山区，以躲避日寇。

一开始，河大农学院与医学院随当时的河南省政府迁往豫西镇平，文学院、理学院、法学院及校本部迁往鸡公山。河南大学从此走上了长达8年的流亡生活。1939年5月，日寇进攻新野、唐河，镇平危急，河南大学又从镇平和鸡公山，越伏牛山，经方城、叶县、宝丰、临汝、伊阳、伊川抵达嵩县，行程600余里，当时医学院在嵩县城内，文、理、农、法及本部在潭头。正危难中，1942年3月10日，南京国民政府将省立河南大学升格为国立，以缓解经费拮据的危难状况。

1944年春，日寇向豫西进攻，洛阳、鲁山失守。5月10日，日寇逼近嵩县，医学院师生300多人携图书、仪器及教学设备奔向潭头。百里之遥的崎岖山路，师生艰难行走，一部分设备毁于途中。日寇占领嵩县后，潭头危在旦夕，5月12日，河南大学学生集中在50里外的大青沟，教职工及家属暂避在潭头西南30里的重渡沟。15日，日寇逼近潭头，剩余人员仓促转移，恰值大雨滂沱，山洪暴发，师生们陷于困境。一些教授和几十名学生向北山中躲避，而敌人正从北山偷袭而来，开枪扫射，当场有 5 人中弹身亡。女生李先识、李先觉姊妹两人与先识之夫列祖望不甘受辱，三人投入一井自尽。助教商绍汤、吴鹏等数人惨死于敌人的刺刀之下。医学院院长张静吾两次被俘，其妻被害于杨坡岭，侄儿张宏仲被日寇刺成重伤。农学院院长王直青、教授段再丕和 20 名师生被俘，罚做苦工，稍有怠慢，便遭毒打，王先生不堪忍受，跳崖自尽，身负重伤，后被乡亲所救。孔繁韬和另一女生同时被俘，日寇惨无人道地用铁丝将二人穿在一起投入西林村一口井内。《植物学大辞典》主编，当时著名的植物分类学家黄以仁教授，年已古稀，从潭头逃出，一路饱经风寒惊吓，至紫荆关后，竟一病不起，含恨离世。师生闻此噩耗，无不伤心落泪。河南大学遭此浩劫，数十人死难，上百人下落不明，理学院被焚毁，许多图书、仪器毁于一炬。逃离潭头的师生，攀缘于崇山峻岭之中，穿行于密林荒草之间，饥寒交迫，备尝艰辛，所带行囊，一路丢失，加上土匪抢劫，逃至紫荆关时，许多师生身无分文，处于绝境。

今天，河南大学在潭头住过的房子已所剩无几，但历史不能忘……

忘记过去就意味着背叛。

《东京文学》2002 年第 5 期，总第 125 期

岳飞点将台怀古

朱仙镇四周连绵起伏的沙丘中，深藏着数不清的传说和故事。历史上，决定全国政局的战争就曾有过两次：一次是岳飞大战朱仙镇，五百精兵破金军十万，但南宋统治者一日金牌十二道，使岳家军功败垂成，导致金与南宋分疆而治；另一次是1642年李自成在此大败明主将左良玉，从此使明王朝一蹶不振，李自成得以长驱直入，占领北京，建立了大顺农民政权。

听文友讲，到朱仙镇一定要看看点将台。据说，每年三月三，于古槐杏花中，仿佛能看到岳飞身着白袍的身影。一日偷闲，邀几位文友，便一同去点将台游览。

点将台位于朱仙镇西一华里处，四周沙丘横亘，古槐参天，时不时有不知名的鸟儿飞向天际。在沙丘环绕着的盆地的东沿上，高出地面丈余，台四周古槐丛生，盘根错节，台面方圆百余平方米，仍呈平坦势状，且前高后倾，台质由红土构成，加之台前及左右均为开阔平地，远远望去，点将台在翠绿丛中，犹如昂首的战舰，可想当年岳飞点将时那气吞山河的风采。

绍兴五年（1135），岳飞在河南战功卓著，朝廷派张紫岩来朱仙镇察看岳飞的虚实，张紫岩到朱仙镇时，岳飞正在点将台点兵。张紫岩被岳家军那威武雄壮的场面感动了，早把来时秦桧的吩咐忘得一干二净，遂决定留下跟岳飞一同抗金，不再回朝复命，并愿为先锋。岳飞大喜，派大将汤怀做他的同时先锋，调精兵归张紫岩指挥。临出征时，岳飞在点将台上挥毫写下诗一首《送紫岩先生北伐》：

> 号令风霆迅，天声动北陬。
> 长驱渡河洛，直捣向燕幽。
> 马蹀阏氏血，旗袅可汗头。
> 归来报明主，恢复旧神州。

张紫岩读着这惊天地、泣鬼神的诗篇，激动得泪流满面，遂与岳飞对拜，率军出征。

从点将台归来,我们又到岳飞庙中细读岳飞手书《送紫岩先生北伐》的碑刻真迹,看着那龙飞凤舞、力透纸背的书法遗迹,看着岳飞庙中重塑的岳飞夜读兵书的坐像,仿佛在风过处能听到岳家军"金戈铁马,气吞万里如虎"的冲杀,仿佛能看到岳飞那"三十功名尘与土,八千里路云和月"的男儿气概和那"知音少,弦断有谁听"的忧国愁容。

今日,对岳飞庙,省、市、县政府已拨专款修葺,到岳飞庙和点将台参观的人络绎不绝。

路卓 2011 年 11 月 12 日

感悟云台山

美的景色总给人美的感受，独特的自然景观给人以感情的升华和心灵的交流，云台山就是这样。

那日，我与同志们利用五一节假日远游，一大早，我们便进了云台山。其山势挺拔、重峦叠嶂，随着山路的峰回路转，愈进愈险，愈进愈奇。透过汽车玻璃，看到山峰间白云缠绕、山岚横飘，直插云天的几座高峰在云雾中时隐时现。山道上车来人往，山道旁怪石嶙峋，泉水叮咚，时不时地飞出几只叫不出名的鸟儿。随着山势的起伏，随着海拔的升高，崎岖的山道旁竟有一湖清澈的蓄水，有山有水有险有惊，同事们指点着、议论着。司机同志则一点儿不敢马虎，专心致志地紧握方向盘。同事的4岁小女孩忽然大嚷起来，她没见过如此起伏的山峦，没坐过如此颠簸的汽车，吓得哭起来，非要妈妈带她下车，引得许多人去哄她。

车到景区中心，大家一番准备之后便随导游出发。景点的奇、险、峻、美自不必说，简直是北方黄山。几个小时过去了，几个主要景点看过了，按照导游的安排，大家自由午餐，休息一下，下午再去看远处的景点。军辉、老四、艳萍、秀玲几位男女同事邀我：不如去食堂和快餐部，拿几瓶啤酒、买几个小菜、找一棵大树下，倚山临水，咱也兰亭式地野餐一顿如何？我求之不得，欣然答应。

我们在小寨沟入口处的一棵虬枝苍苍的古树下摆起了地摊，各人凑上点东西，不论从家带的还是买的，一律是大家的，席地而坐，开启啤酒，大口地吃、大口地喝，海阔天空不着边际地议论。正高兴处又有道祥、思莹和玉洁加入进来，野餐摊变成了大筵席，七八个人胡乱敬酒，谈笑风生，好不热闹。

酒过几巡，不知不觉中大家都有点醉意，平日里一个个满口笑话、"脏话"的，在这样四面环山、危峰林立、山风穿来、云遮雾挡的环境中，加之酒力，突然"文气"起来。真是环境改变人，身临其境，有感而发。

军辉转业军人，年龄不大，但走的地方不少，人生感悟颇多：咱们是一个单位，要说聚一次不难，但此时、此景、此人、此心境的聚会就难了。人，走到一起工作不容易，十几亿人，为什么单单咱们在一起，这就是缘分，这就是情感，每个人都珍惜这缘分、这情感，人与人之间多一点儿理解，一切都会更美好。

老四瘦高个子，司机出身，多年给领导开车，马上接着说下去：是的，在一起是一种天赐的缘分。每个人都有一种天生的良心，在一起工作，一个单位共事，事事都要多替别人考虑，真是"只要人人都献出一点儿爱，世界将变成美好的人间"。记得日本作家东山魁夷的著名散文《听泉》曾写到人心灵的泉水，写到人的扪心自问与自责。实际上，善良是人的天性，只是一些事把善良的人们逼得不善良了。大家应回归善良的天性、诚实的本质，每个人听到自己心灵的泉水声，看到别人与人友好、与人为善的一面。

艳萍演员出身，急不可待地表示：是呀，人太善良了在社会上吃亏，不善良又做不到。咱演过戏，人们只看到舞台上剧中人的喜怒哀乐，有几人能知道正在演戏的演员们的苦辣酸甜？人只要好心待人，好人终有好报，不是说好人一生平安吗？人，要的就是高尚的境界。

秀玲干部出身，稳健老练：现在评价一个人怎么说，说你中你就中，不中也中，说不中就不中，中也不中的现象还是存在的，戴有色眼镜看社会、看别人的事是一下子改变不了的。机遇、水平怎么说，有机遇又有水平的当然好，但毕竟是凤毛麟角；有机遇而无水平的大有人在，但不必自高自大，应有自知之明；有水平而无机遇的更不必自暴自弃、怨天尤人。没机遇不证明没水平，山顶上有大树，但并非没有小草，山沟里有小草，更有大树，重要的是去留无意，宠辱不惊。

思莹身为办公室文秘主任，平时不善言谈，见大家今日都忽然"水平"起来笑着说：原来不知诸位净是高贤人士，真是讲得深刻，讲得好。这地方自古至今，不知来过多少名人学士，说不定咱坐着的这地方，李白就在此站过呢。

我凭着过去学过历史专业的功底，指着南面一座险象环生、山岚氤氲的山峰说：看，这座叫茱萸峰。唐时，此峰长满了茱萸，因茱萸有香味，从唐时传下来的习惯，就是带茱萸登高可以免灾。当时，大诗人、大画家王维来到云台山，触景生情，写下了大家都会背的"独在异乡为异客，每逢佳节倍思亲。遥知兄弟登高处，遍插茱萸少一人"的千古绝唱。

大家正沉浸在怀古通今的气氛中，导游来催，因此不得不结束野餐，坐汽车向下一个景点出发。路上，大家都觉得言犹未尽，十分惋惜。

路卓 2011 年 3 月 14 日

送哥哥

哥哥走了，带着他未酬的壮志，带着他潇洒的军装，带着他对人间的眷恋和对亲友的企盼，他走了，静静地，悄无声息地走了……

哥哥，你这最后一次行装是我和三姐打点的，从此，天上地下，两个世界，纵有千言万语也无法诉说，亲人的哭声、乡邻们送来的花圈使我不敢相信的事实成为无法改变。天啊，难道这就是命运？命中注定哥哥只能活41岁，你是我们家最先走的人，父母痛不欲生，白发人送黑发人。哥哥，你只身孤单，你自己要操心，要保重呀……

我和三姐小的时候，你整天带我们玩，送我们上学，给我们讲故事。全家数我小，爱淘气，不论做错了什么事，你总在父母亲面前替我承担。那时候家里穷呀，咱兄妹多，困难大，父亲累弯了腰也养不起全家。

你主动要求不上学了，要参加劳动，要让我和三姐读书，你说不能让妹妹吃苦。现在回想起来，那次天不亮，我跟三姐下地铲麦子，走到地头，三姐一回头，看不见我，吓得赶快原路返回去找。原来太困了，8岁的我走着走着，一绊倒，趴在路边睡着了。你说一想起自己的妹妹苦成这样就心疼。于是你跟父亲到砖场干活，多累呀，大人还顶不了，但你一声不吭，一天装几十车砖，2000块砖一小时装完。有时，我去给你帮忙，看见你那又苦又累的样子，下决心长大了要报答你。别人说你学习那么好，退学太可惜，你笑笑：让妹妹们上吧。

你高高的个子，不仅干活不怕出力，而且聪明多才，人见人夸，真是太可惜了。你爱好文艺，会唱歌，会吹笛子；爱好文学，会写诗歌；爱好体育，会打篮球、乒乓球，但为了我们，你都不爱了，只拼命劳动，拼命出力，拼命挣钱养家。每天，我们去上学，你与父母一道面向黄土背朝天，毫无怨言。

艰苦的条件把你磨炼得不怕苦、不怕累，黄河岸边的风水和田野里的春风夏雨把你雕塑得高大英俊、一表人才。1982年你到南京当兵，潇洒的军装、有趣的军营生活使本来就帅气的你越发像电影明星般光彩，同时你又多才多艺，礼貌待人，军长的独生女儿看上了你，你们两个是天作之合的一对，是那样般配与亲密。当你带着我那位未来的"嫂子"探家时，咱全村都沸腾了，都说咱窦家烧高香了，碰到贵人了。可万万没想到军长的一个条件，改变了一切。军长要你同他的宝贝女儿一道转业回北京，在他家生活，将来小孩姓他家的姓。父母认为儿子倒插门有辱脸面，说什么也不同意。后来那位漂亮的军长女儿，又找你两次。你流泪了，但你还是以"父母在，不远游"而留下了。你天生听父母的话，天生的让人，天生的不惹人生气。后来，虽然又娶妻生子，虽然你勤奋努力，刻苦钻研农业科技与池塘养鱼技术，生活过得也不错，但过去的欢乐却一去不复返了。你好像一下子老了10岁，终于积劳成疾，患了脑瘫，又没钱去大城市大医院彻底治疗。哥哥呀，你的婚姻不幸，你为这个家奉献得太多了。为什么非得男大当婚、女大当嫁？为什么有情人不能终成眷属？如今都21世纪了，为什么封建的毒素还如此之深？哥哥，现在你走了，姐姐们又都已出嫁，四个姐家三个经济困难。父母亲都老了，谁来养老送终？怎么办？我也不小了，早到了出嫁的年龄，但我不敢，一想这事就伤心……哥哥，你走了，今后，谁还关心我，保护我，支持我！谁能与我同心同德，相伴年年岁岁？谁能真心帮我度过未来的时光……

哥哥，三尺黄土永远地隔开了你我，阻断了亲情。你去年还给我说过生命的数量与质量问题，你说漫长的历程还不如短暂的辉煌。哥哥，你走吧，你是无愧的，你生命的数量不长，质量不低。我和姐姐们会不断地想念你，为你祈祷，为你祝福，帮嫂子把你的儿子培养成才，让他替你圆你未圆的大学梦。

纸短情长，哥哥，让我再为你读一遍你最喜欢的诗句：

让我在这里站成一座山峰，
飞扬的瀑布是我不朽的歌，
或者躺倒化作一条溪流，
去拥抱平原辽寥的梦……

你听到了吗？哥哥。

路卓 1980 年 4 月 10 日

迎春赋

是自然的美，是美的自然。耳旁战鼓声未尽，满眼风光又一年。

放眼开封大地云蒸霞蔚，热气腾腾，一派勃勃生机。省委、省政府开封现场办公会从实际出发，对古城腾飞寄予厚望；市委、市政府工作会议选在兰考召开……这一切都昭示着春天的回归，真理的回归，焦裕禄精神的回归。在新的一年里，古城开封将被装扮得更加美好。

百年大计，教育为本，在《中共中央关于教育体制改革的决定》精神指引下，开封市的教育面貌发生了历史性的变化，我们不仅有了漂亮的校舍，不仅有了一支素质较好的教职工队伍和取得丰硕教育成果，更令人欣喜的是整个社会上干部群众观念的更新，大家都把办学看成是自己的事情，这是一个了不起的伟大的飞跃。记得恩格斯说过：一旦社会上需要，比十所大学培养人才都来得迅速。全市人民尊师重教观念的形成是我们由贫穷走向富裕、由愚昧走向文明的光辉的起点。让我们做教育工作的同志重温一下马克思的话吧："如果我们选择了最能为人类福利而劳动的职业，我们就不会为它的重负所压倒，因为这是为全人类所做的牺牲；我们的事业并不显赫一时，但将永远存在，而面对我们的骨灰，高尚的人们将洒下热泪。"我们既然选择了教师这个光辉的事业，那就义无反顾地有一分热发一分光吧。

一元复始，万象更新，有的是力量，有的是希望，有的是光明前程。"剑声飞关外，书香不是花"，让我们努力，在开封教育发展史上写下光辉的一页。

路卓 1980 年 1 月 3 日

校园的早晨

皓月高悬,雄鸡正唱,我们的校园已经灯火辉煌。

街上静静,灯光点点,我们的校园已是人声喧嚷。

丁零零,刹住满院人影;齐刷刷,带起阵阵晨风。我们的早操队伍,踏着"一二一"的哨音,迎着瑰丽的朝霞,前进在新铺的柏油路上。

太阳出来了,整个校园被染得金黄,那一排排早操归来的队伍,洋溢着胜利的微笑,开始了一天的学习。

这是春天的早晨,这里充满着希望。

看,那个戴着红领巾的小女孩,坐在白杨树下,背诵着:"两个黄鹂鸣翠柳,一行白鹭上青天。窗含西岭千秋雪,门泊东吴万里船。"

一位佩有团徽的男青年,一只手拿着数学书,亭亭玉立,两眼静呆呆望着天边,看那神情的专注劲,仿佛是望见了金光闪闪的数学皇冠。

听,低年级的教室里,传出了银铃般的童音:"春天来了,风轻轻地吹着,温暖的阳光照耀着大地。"

这是学校的早晨,这是人生的早晨。

一阵清脆的上自习铃声划破晨空,校园立刻显得整洁而宽敞。放眼望去:一座座教室,一行行门窗,如同一列列奔驰着的火车的窗口,这里面的学生将和我们的民族一齐驰骋。

一位老教师走进教室。她鹤发童颜,红光满面;精神抖擞,步履刚健;语调和蔼可亲;教态坦荡自然。那厚厚的一本讲义稿,有多少甘露含在里面。她额头上那深深的皱纹告诉我,我们的老教师,宣传过多少革命真理,培养了多少有志的青年。

我在想:她是工人阶级的一部分,是10亿人民的一员。

这充满阳光的校园,使人精神振奋,心旷神怡。身处此景,会感到时代的脉搏在跳动,生活是充满着活力、充满着希望的。

我信步走到办公室前,但见窗台上整齐地放着几朵迎春。那疏密相间的绿枝上，已是百花点缀、争娇斗艳了。我不觉伸手托起一枝细细地瞧着，"春上枝头已十分"，这是迎春花啊，她只有在党的温暖的春光里才这样地开放、这样地舒展啊。

《农村文艺》1983 年 2 月第 1 期

净 土

"围在城里的人想逃出来，站在城外的人想冲进去，婚姻也罢，事业也罢，人生的欲望大都如此"，我对钱钟书老先生这句话的理解是在做了十多年教师，又被调行政机关之后，才真正懂得其含义的。

当教师的时候，曾多次羡慕别人通过关系而转入行政。现在到了我走入政府机关的时候，却总有一种失落感，为什么呢？慢慢地品味，细细地思索，我才明白：人的一生最宝贵的是青春，我的青春岁月就是在讲台上度过的，那里才是最值得我眷恋的地方。

做教师时，满目是学生笑脸，满耳是琅琅书声，天不亮就起床，晚上9点，教学楼依然灯火通明。"无丝竹之乱耳，无案牍之劳形。""谈笑有鸿儒，往来无白丁。"整日里忙也忙了，苦也苦了，穷也穷了，乐也乐了，欣欣然、坦坦然，无忧无虑、无烦无恼。尤其是领着学生郊游、劳动、做好事，整日里充满着理想，充满着希望，充满着勃勃生机，觉得朝露晚霞，草绿树青都是美的。每天清晨，站在教学楼的阳台上看东方日出，只觉得整个大地一片光明。

不论什么不顺心的事，也不论什么烦恼，只要一走进课堂，一开始讲课，便很快进入了理想的境界。现在回味起来，给学生讲课也是一种艺术享受，是心灵的净化、思想的升华。

我想：事实也是，没干过教育、当过教师的人，干一段，思想境界就高尚起来，一直干着的，会越干心灵越高尚、越纯洁、越理解人宽容人，自己的思想也越丰富。学校是一片净土，那里曾有我的青春和欢颜。许多宝贵的东西，确实是在你丢掉了它时才认识到了它的价值与意义。

《净土》一文被《教育研究》（1985年2月）杂志转载，评为一等奖。

李闯王大战朱仙镇

闯王在河南打了两次大胜仗以后,将古城开封围了个水泄不通,决心拔掉这个明王朝的顽固堡垒。起义军声势浩大,号称百万。当时,开封四周,十里以内,旌旗遍地。闯王的老营设在阎李寨村。

这天将晚,闯王正与诸将在大帐议事,忽探马来报:"明军十七万,分三路直奔开封而来,主力到了尉氏境内,先锋已达朱仙镇。"众人皆惊,没料到官兵能如此神速,一时间,众说纷纭。闯王稳坐正中,认真倾听,一言未发,一阵热烈的讨论之后,大家的眼光都落在闯王身上,闯王站起来详细地说出了自己的想法,问大家怎么样,众将听了,拍手称妙,都高兴地按吩咐行动去了。

闯王叫住李过,吩咐道:"记住,如果敌人已将镇占领,你不要硬夺,要速占镇西,抢夺水源。"李过会意,率三千精兵,连夜进发,马蹄过处,沉雷轰鸣。

此时,古老的朱仙镇上烈火熊熊,哭声连天,一万多官军从东南涌入镇内,不少人被抓走,房屋被点着,各家财物,倾室遭抢,一时间哭喊声、马嘶声、狗咬声、谩骂声乱作一团。李过飞马来到镇北,听得真切,不由得怒发冲冠,急分一小队弟兄去占镇西,自己带头冲入镇内。士兵们个个精神抖擞,义愤填膺,顷刻间:刀光闪闪,人头滚滚,枪缨飞舞,鲜血乱流。许多官军连同抢劫的财物一齐被斩为两截。官军们冷不防遭此一击,一时间晕头转向,目瞪口呆,继而各自败走,哗啦啦让出了镇西北一大片地方,李过越战越勇,占领了岳武穆庙,一场混战,官军将领清醒过来,急忙组织反扑。

双方都认为朱仙镇十分重要,必不可失,好一场恶战:直杀得阴风四起,星辰无光,两处人马混战在一起,到处是刀光剑影,人喧马鸣,耳旁只听得喳喳喳和哎呀哇的声音。老百姓早已逃得精光,义军杀得官军陈尸遍地,但终因人少渐渐不支,最后全部退到岳飞庙中。这时,官军援兵又到,他们把岳飞庙层层包围起来,双方不再混战,出现了可怕的寂静。李过手扶岳飞亲书的送张紫岩北伐的石碑怒视着庙外。

忽听镇北喊杀声狂风般压来,总哨刘宗敏率两万多义军潮水一样涌入镇中。李过趁机从岳飞庙冲了出来。战局马上变了:官军措手不及,两面挨打,最怕夜战,偏又是伸手不见五指。一个个恨爹娘少生两条腿,惶惶如丧家之犬,急急如漏网之鱼,你挤我撞地向水坡集方向逃去。

天色将明,闯王来到朱仙镇上,表扬了李过的人马,吩咐:一、大军沿贾鲁河在镇南扎营;二、速断水源,使敌军不战自乱;三、火器营设在左良玉营的南边,要火力集中,打得左营士兵不敢乱动;四、田见秀率一万兄弟去西南七十里处挖一大壕沟,准备截杀左良玉;五、李过和李岩在壕西南二十里处埋伏;六、刘宗敏在壕西南三十里处埋伏;七、将捉到的敌军密探,左营的以酒宽待,如数放回,丁、杨两营的严刑拷打,全部扣留,以使他们相互疑心,三日以后,班师开封。

义军和官军在朱仙镇南对峙了三天。三路官军互相怀疑对方通敌,各自按兵不动,且第二天已经断了水,三家因抢水还动了枪刀。左良玉、丁启睿、杨文岳又护着各自的士兵大吵一阵,闹得不可开交。左良玉寻思:十七万官军我的人占十二万,这可不能赔了血本啊。反正胜利是没希望,打败仗朝廷照样怪罪,还不如有兵在呢。对!三十六计走为上计。我何不丢下丁、杨先退走呢!保全自己要紧。

第三日清晨,左良玉率全军拔营退走,自己也换上了士兵服装,步兵在前,骑兵在后,不声不响向西南方向涌去。这恰中了闯王妙计。行到大壕处,前有田见秀阻截,后有闯王率大军追杀,十二万人马死伤大半。一路又遭李过、李岩截杀,剩一千多人。刘宗敏一出现,左良玉自知大势已去,仰天长叹一声,再也顾不得士兵了,只身逃往襄阳。

丁启睿、杨文岳听说左良玉先逃了,气得顿足大骂,但哪里还敢久停,急拔营逃跑,义军已经杀来。慌乱中丁启睿连皇帝赐给他的尚方宝剑、督师大印都丢掉了。官军全线崩溃。

正是:

朱仙镇能聚诸仙,高风千古史有传。
鹏举庙宇雄姿在,点将高台风清闲。
浩浩义军自成龙,堂堂督师作羊犬。
金戈铁马声震耳,一曲未尽霞满天。

《农村文艺》1982年12月第7期

祖国 时间 理想

在人类进化的长河中，我们的民族以独特的文明，标闪于历史的太空，中国这块地方，曾多次成为人类文明的摇篮。因此，在实现理想的道路上，一代又一代的英雄豪杰，冲破重重艰难，似青松林立，如群星灿烂。江山代有才人出，各领风骚数百年。

多少人为国为民，奔走呼号，出生入死，名垂青史，或投身书海，潜心攻读，灼有创见，万古流传，然而不少人刻苦研究，遍踏神州，却老大无成，怀一腔遗憾。

要实现理想，靠的是汗水，是奋斗，更是科学地运用自己的时间。

时间是实现理想的基础，是保证成功的条件。如果你整天空下决心，除工作、休息之外，大空没有，小空不挤，或已持书本，又心不在焉，那么，你照样是时间的奴隶，是庸才、懒汉。

一个人一旦确定了奋斗的目标，关键是提高单位时间的效率，将目标与自己的距离最大限度地缩短。

今日的祖国，已为每个人的立志与奋斗准备了良好的条件。钟声已经响过，太阳升起来了，请不要再在那小巷中徘徊留恋，也不要只强调客观条件。是雄鹰你就飞吧！头顶上是万里无云的蓝天。

1985 年 6 月 15 日

鲁迅理发

　　1926年秋天，鲁迅正在厦门大学任教，整天忙于工作与写作，好久没有理发，显得模样寒酸，长发垂耳，又穿一件破布长袍，一双旧布鞋，理发师很瞧不起他，冷冰冰地招呼他坐下，马马虎虎地理起来，三两下就理完了。

　　鲁迅先生不动声色，随手从口袋里抓起一大把铜元塞在理发师的手里，数也不数，扭头便走，理发师惊诧地追看了鲁迅很远，回来一数，整整高出定价四倍多，不由得喜在心头。

　　过了一段时间，鲁迅先生又到此来理发，这次那理发师远远便认出了他，立刻迎上前去殷勤招待，让座、奉茶、敬烟，又特别精心地给鲁迅先生足足理了一个多小时。在付款时，那理发师等着喜从天降，可这次鲁迅先生按价付钱，一个铜元也不多给。

　　理发师十分纳闷儿，便厚着脸皮问个究竟。鲁迅先生平静地回答："这还不简单吗？上回，你看不起穷人，胡乱地理，我也看不起你，胡乱地给，这次你认真了，我也认真了。"

《开封工人报》1987年9月27日

他爱这片深情的土地

这几年，开封县的教育上去了，连年受到省、市表彰，成绩突出，有目共睹。这里有县教育局局长杨元法的一份功劳。

要爱脚下这片土地

杨元法是 1984 年出任县教育局局长的。一上任，他就抓思想政治工作，稳定教师队伍。他认为办好教育一是资金，二是师资。当时一些青年教师纷纷要求转行，杨元法真是苦口婆心，引导他们热爱脚下这片深情的土地，要理解世代耕耘的艰辛。大家大都是开封县人，我们不干靠谁呢？他的话发自肺腑，感人至深，稳住了许多人心。

为了改变办学条件，杨元法积极为县委、县政府领导出谋划策。从 1984 年起，实行县、乡、村三级办学、三级管理，谁出资，谁办学，谁办学，谁收益，他与当时的县委副书记张中周，副县长马萍，几乎跑遍了全县所有的学校。在检查中，杨元法坚持骑车，不论走到哪所学校，不抽烟，不喝酒，吃饭付钱。有些学校不要，他就将钱交给教育局计财股。经过努力，全县 868 所中小学，1985 年实现了一无二有（无危校，班有教室、课有教材），1986 年实现了一无四有（加上校校有围墙大门、有厕所），1987 年大搞师资培训、进修，函授的中小学教师达千余人，1988 年又普及了实验室与仪器建设，列全省第二，从而彻底改变了过去那种"黑屋子，土台子，泥孩子"的落后状况，一跃而成为我市、我省经济贫困县办好教育的一个典型。

这个局长大家当

杨元法同志非常重视发扬民主。上任以后，当年就召开了全县教职工代表大会，从此形成制度；全县每年召开一次教职工代表大会，教育局长向大会汇报工作并听取意见，欢迎参政议政，时间长了，大家都能畅所欲言，亲切地称他：元法或老杨。

杨元法是教育局党委书记兼局长，事情再多也把工会工作挂在心上，每次的党委会、局长办公会，他都让工会主席参加。机关建设、福利待遇、分配住房都让工会全权负责，有人问他："工会算什么，你动不动就那么听他们的？"杨元法回答："对我们来说，教职工是上帝，局长要大家来当。"

要经得起改革开放的考验

近两年，不正之风冲击教育，一些教师要求停薪留职，去经商，一些人说是搞校办工厂而另有所图，杨元法多次召开系统书记、党员会议，要大家经得起改革开放的考验，风物长宜放眼量。他以身作则，四五年来，从没有领过下乡补助。对思想波动的教工，他深明大义，动之以情，晓之以理，对一些有错误想法的同志进行了善意的批评，对一些错误的做法则进行了坚决的抵制。

开封县的教育上去了，杨元法同志也出了名，省（市）报纸、电台、电视台都介绍过他的事迹，笔者补叙，也还了早该写他的一笔"债"。

《开封工人报》1988年11月29日

春上枝头已十分

——写给一九九八年元旦

昨日鼓声犹在耳，满眼风光又一年。

春天来了，春意盎然。春，不以人的意志为转移，脚步匆匆，时不我待。

忆昨日：岁月峥嵘，经验教训，苦辣酸甜，风流倜傥，都已成为过去，并不十分遥远的过去。

看未来：春光明媚，阳光普照。希望与机遇并存，困难与挑战同在。那目标，那山峰，历历在目，似乎举足可达，但那崎岖的山路，那未能及时预防的风霜雪雨也实实在在。

人生苦短，日月如梭，多少事，从来急，一万年太久，只争朝夕。

春光中，春风得意吗？春光中，忆苦思甜吗？春光中，能冷静思索，枕戈待旦，警钟长鸣吗？

春天，是严冬孕育而来的，春天，也渴望着夏天的火热和秋天的成熟。

那么，不要忘了第一线默默无闻工作的人们，他们是我们的上帝。不要忘了人民，忘了土地，不要忘了正是这些名不见经传的矻矻不息的任劳任怨的人们，才顶起了我们社会主义共和国湛蓝的天空，才有了我们总结中的成绩和讲话时的慷慨，才有了会议和新闻。

忘记过去，就意味着背叛，忘记了土地是站不稳的。

昨日偶过桃树下，春上枝头已十分。十分的春色，需要十分的干劲和十二分的热情，需要的是实在和行动。

那么，我们这一代人能无愧于"江山代有才人出，各领风骚数百年"吗？我们能真正地无愧于时代和事业吗？无愧于先人和后人吗？但愿！

春光催人，战鼓催春。干吧，从现在做起，从我做起；干吧，从零做起，从基础做起。

做不了太阳，就做星星吧，或者做萤火虫，有一分光发一分热，认认真真工作，正正派派做人。

春便是新，新便是希望。守住阵地，韬光养晦，让春的脚步永远伴随着我们。

1997 年 12 月 26 日

爱,首先是奉献

爱,首先是奉献,不讲奉献,爱的鲜花就会枯萎。信中的那位同志感到她的家庭生活受压抑,像一潭死水,常想喊出"离婚"两个字,但一想到女儿,就犹豫了。类似这样的家庭在社会上并不少见。一个家庭不可能没有矛盾,有了矛盾也不一定非用"离婚"的方式去解决。为什么婚前都为对方倾倒,而婚后生活变成了一潭死水呢?这里面一个很重要的原因,双方都没有使爱情升华,而把结婚当成了爱情的归宿,总认为对方已经属于自己了,产生了一切都无所谓的思想,久而久之,双方的缺点也一一暴露出来,于是总是看着对方不顺眼,生活随之也就没有了欢乐。

在自身利益与所爱人的利益冲突的时候,要以对方为重;在爱情与事业相冲突的时候,要以事业为重。只要做到这些,也就有了希望。好事多磨之后,生活也就会嫩绿起来。

1997 年 3 月 12 日

郑板桥教子

郑板桥52岁才得一子，起名小宝，非常疼爱。孩子六岁时，他正在山东潍县做官，带着不便，就留在家乡让弟弟教管。

因是哥哥的老来子，弟弟倍加爱护，好东西留给他吃，好衣服让给他穿，做了错事也不责怪，还专门请了一位老师教他读书。

郑板桥知道以后，心中很不安，对弟弟说："我52岁得子，岂有不爱之理？但娇生惯养只会坑害孩子。"他要弟弟严加管教，决不许小宝欺侮佣人家的儿女。

郑板桥还给弟弟写信说："请了教书先生，就让庄上的孩子都来上学，不要只教小宝一人。遇到下雨天，要留穷人的孩子在家吃饭；谁太穷了，就把小宝的衣服、鞋袜给他们一点儿。要让穷人家孩子的那种吃苦耐劳、勤快能干精神去影响小宝。"

为了让儿子知道粮食和衣服来之不易，同情受苦人，郑板桥特地抄了两首小诗叫小宝熟背。

第一首是：

锄禾日当午，汗滴禾下土。

谁知盘中餐，粒粒皆辛苦。

第二首是：

昨日入城市，归来泪满巾。

遍身罗绮者，不是养蚕人。

后来，郑板桥又把小宝接到自己身边，要求得更严了。

路卓 1995年3月6日

王国维治学三境界

清末著名学者王国维，在他的《人间词话》中说，治学有三境界，达到者即可成材。

云："昨夜西风凋碧树，独上高楼，望尽天涯路。"此治学之第一境界也。

"衣带渐宽终不悔，为伊消得人憔悴。"此治学之第二境界也。

"众里寻他千百度，蓦然回首，那人却在灯火阑珊处。"此治学之第三境界也。

我认为第一境界说了一个"博"字，第二境界说了一个"专"字，第三境界说了一个"创"字，也就是说：人必须在"博"的基础下才能"专"，又只有在"专"的基础上才会"创"。

路卓 1994 年 4 月 4 日

"中华·中国"释疑

我们伟大的祖国历史悠久，文化灿烂，是世界四大文明古国之一。我国的历史文献浩如烟海，对"中华·中国"的解释也时有记录。自上古以来，随着时间的推移，这两个词所指的对象有所不同，含义也有所变化。

先说"中华"。"华"字，古文中与"花"字通假，可引申为美丽而富有光彩。对"华"的解释一般分为两种：一种说法是，远古时代中原地区的人们，自认为自己居住在衣冠整齐、风俗纯真而又华美的文明地区，所以称自己为华；另一种说法，"华"含有红色的意思。我国从周朝开始就喜欢红色，把它看成是吉祥之兆，所以就自称为华。"华"作为我国的简称，历史悠久，从周朝至今已3000多年了，而且用得很普遍，至今，华人、华语、华侨等词语仍在使用。

我国自称中华，是从秦朝开始的，秦以前，华夏族称自己的祖国为中国，秦以后，逐渐发展成一个多民族的国家，因而又有"中华民族"的说法。"中"即中国，"华"即华夏族的简称。唐代诗人韩偓曾有"中华地向城边尽，外国云从岛上来"的诗句，已把"中华"与"外国"对用，可见在唐代已把中华民族作为我国各民族的总称。

再说中国。中国的"国"字，在我国古代做"城"或者"邦"解释，因此，"中央"的实际意义是"中国之城"或"中央之邦"。"中国"一词最早见于周代文献。如《诗经·大雅·民劳》："民亦劳止，汔可小康，惠此中国，以绥四方……民亦劳止，汔可小息，惠此京师，以绥四国。"这里的中国说的就是京师，即指京都之地。又如《尚书·梓材》中记载，"皇天既付中国民，越厥疆土，于先王"。后来以此意延伸，凡是天子（皇帝）直接统治的地方都称之为"中国"。但随着历史的发展，皇帝统治的疆域不断扩大，"中国"一词的含义范围也逐渐扩大，到清代，清廷统治下的全部国土，便都称作"中国"了。

因为"中国"一词在古代系指中原地区或汉族建立的王朝，所以，在历史上，各兄弟民族入居中原之后，也都以中国自居。可是，从秦到清，却没有一个王朝把中国作为自己政权的正式国名。如：汉朝的国名是汉，唐朝的国名是唐，清朝的正式国名是清。所以在清灭亡以前，"中国"的真正含义是"祖国"。各个朝代才是统治阶级建立的国家称号。

　　真正把"中国"作为正式国家简称的，严格说来，是从辛亥革命开始的。武昌起义一声炮响,推翻了封建帝制,孙中山先生于1912年正式建立了"中华民国"，定名为"中华"，全称"中华民国"，简称"中国"。1949年10月1日，中华民族在中国共产党的领导下，建立了中华人民共和国，从此，标志着中国进入了一个崭新的社会主义新阶段。现在，"中国"一词，一般应理解为"中华人民共和国"的简称；"中华"应理解为中国和中国大地上50多个民族的总称。

路卓 1989 年 4 月 6 日

经济要振兴 教育是先行

——开封县人民支持教育事业事迹点滴

在豫东的历史上，开封县是著名的穷县之一，十一届三中全会以来，人民的生活逐步好转起来。在九年来渴望经济腾飞的愿望里，在各方面深入改革的实践中，开封县人民深深地体会到劳动者素质的差异，已经成为制约经济振兴的重要因素。因而，开封县县委、县政府及全县人民广泛地开展了一个支持教育、大办教育的群众运动。

在县委、县政府的带领下，全县人民在经济还比较困难的情况下，从1984年至1987年底全县集资办学款达到1607万元，彻底改善了开封县的办学条件。1985年，全县中小学实现了"一无两有"；1986年，又实现了"一无四有"（无危房、班班有教室、学生人人有桌凳、校校有砖围墙、有大门）。集资20万元以上的乡有8个，其中曲兴乡集资40万元、陈留乡集资88万元、西姜寨乡集资80万元、罗王乡沟村集资21万元、八里湾乡么角楼村集资22万元盖起了教学楼。捐款办学1000元以上的个人有10个，其中袁房乡张吴寨村的刘庆华、罗王乡胡寨村皮鞋专业户胡庆战各捐1万元。刘店乡高店村支部书记梁树清、陈留乡化工生产专业户袁勋各捐款8000元以上。

除集资改善办学条件以外，开封县人民还尽可能地为教师和学校办好事、办实事。城关镇元楼村委减免了全部在校学生的学杂费，罗王乡前虫村委将村办企业送给学校，并利用村办企业利润免除了全校学生的学杂费，八里湾乡阎楼村委将自办的窑厂送给学校管理，收益归学校支配。曲兴乡顺河村支部书记郭景洲自己拿出1000元，给村小学每位教师买了一套衣服。刘店乡束庄村支部书记孙占敏给村小学的教师每人做了一件呢子衣服，正月十五，他组织村小学全体教师进城去观灯，自己亲自做后勤工作。杜良乡小学岗村委给村小每位教师每月补助15斤大米。朱仙镇回民中学给全体在校教师向上浮动一级工资，所需款项由镇人民政府支付。

县公安局局长马清河同志自上任以来，对学校发生的案件十分重视，他曾在

4月上旬处理了4件破坏学校、殴打教师的刑事案件，使全县学校治安得到保障。马清河同志告诉县教育局的同志："若遇哪所学校有坏人捣乱，只要给公安局挂个电话就行了。"

开封县人民为实现全县普及教学设备的三配套做出了不懈的努力。

1987年1月17日

教师应加强马克思主义理论修养

  邓小平同志曾经指出："一个学校能不能为社会主义建设培养合格的人才，培养德、智、体全面发展有社会主义觉悟的、有文化的劳动者，关键在教师。"实际上也是这样，在人类的社会分工之中，教师自始至终担负着传递人类文化的重要社会职能。教师们把人类社会在特定的发展水平上积累的各种知识传授给新一代，从而延续和发展人类社会生活和社会文明。

  党的十一届三中全会以来，党中央日益重视教育工作，党的十三大明确提出，把教育工作放在重要的战略地位上来抓，这就更加重了我们教师肩上的担子。社会日益重视教育，人民群众支持教育，党和国家又寄希望于我们教师。这就从客观上要求我们做教师的必须不断地提高自己的政治素质与业务素质，以适应社会发展的需要。

  教师只有不断地学习马克思主义的理论，不断地提高自己的思想觉悟和政治修养，才能真正言传身教、为人师表，培养出有理想、有纪律、有觉悟、有文化的社会主义接班人。我国青少年的思想品德、智力和体魄状况，在相当程度上决定于广大教师的工作。教师的言行对青少年起着重要影响，要求学生做到的，教师首先应该做到。教育学生拥护党的领导，拥护社会主义，教师首先应该热爱党，热爱社会主义。因此，为了完成历史赋予我们的光荣使命，我们做教师的首先应该自觉地学习马克思主义理论，学习毛泽东思想和党的各项方针、政策、学习十三届四中全会的各项决定……不断地提高自己的政治素质，以便完成党和人民交给我们的光荣任务。

路卓 1988 年 2 月 14 日

莫让报刊睡大觉

到几个工厂里看了看，与工人朋友谈谈心。不少职工反映，在工厂里看不到报刊。特别是像《开封工人报》这样贴近职工生活的报纸。

主要原因有三个：一、一些领导认为看报纸影响工作；二、放在车间里无人管，谁拿着就成谁的了；三、大部分报纸都是送给领导个人。我以为不论哪一条原因都不应成为一种冠冕堂皇的借口，问题是当领导的是否重视了职工的业余文化生活。据调查，每个车间，以及大部分班组都订有报刊，只是因为管理不善，没有使报刊发挥出应有的作用。一位正在自学中的青年职工告诉我："有的领导桌上放一堆报纸，可他顾不上看，我们休息时间想看，又摸不着报纸。"

报纸是党和政府的喉舌，是党和群众感情纽带联系的桥梁，也是每一位职工自觉发挥主人翁精神的有力助手。领导或同志们，不要再让报纸睡大觉了。

《开封工人报》

1987 年 5 月 1 日

尊师重教一枝花

西姜寨是开封县一个较偏僻贫困的乡。它位于开封城南40多华里的黄泛区沙滩上，该乡在经济上虽然并不富裕，但对教育却很重视，被誉为开封县尊师重教一枝花。

乡政府领导经常深入学校，和乡村干部一起研究发展教育大计。在乡初中他们看到昏暗潮湿的教室，当即拍板为学校盖一幢十八班规模的教学楼，让学生坐在了明亮的教室里。他们还修缮翻新了全乡所有学校的危房，又新建了六所全新学校。为学校购齐了桌凳，建成了仪器室、实验室。

该乡民师较多，约占全体教师的百分之七十。由于民师待遇低，许多教师不安心。他们发现这一问题，立即决定：对于户籍在本乡任教的教师，免除其义务工；对于在本乡任教的外乡教师，每人发给20元机耕费；对于出村任教的民师，每月增发五元生活费。另外，教师节、春节期间，全乡开展尊师重教活动，从乡到村纷纷为教师购买节日用品，最多时，每人均得价值100多元的物品。假期期间由乡组织教师外出参观学习。

为解决教师看病难问题，乡政府下决心拨出专款，实行教师先就诊记账，然后报销的办法。有的教师家庭生活亟须用煤、化肥、柴油等，乡政府设法帮助解决。

当他们了解到教师积极要求解决入党难的问题，就多次举办入党积极分子学习班，注意在教师中发展党员，1982年以来，全乡已有65名教师光荣加入了中国共产党。

俗话说，士为知己者死。教师们看到乡政府和全乡人民这样无微不至地关怀自己，还有什么理由不好好干呢？于是全乡教师拧成一股绳，要使西姜寨教育翻身。经过几年努力，西姜寨教育质量连年提高，已成为开封县教育质量最好的乡之一。一些原来曾打算调动的教师，表示坚决不走了，要在西姜寨干一辈子。

路卓 1987年3月1日

还是那般潇洒

烈日当空,骑车骑得口干舌燥,刚一拐弯,"冰糕雪糕,凉甜的冰糕雪糕",一串甜甜的女中音随风飘来。是她?声音怎么这么熟悉,循声望去,只见一把五彩的太阳伞下,放着雪白的冰糕箱与深绿色的电冰箱,她正在伞下忙活着,一会儿直起腰来,身着粉红色的蝙蝠衫和米黄色的裤子,腰扎一条镶塑的时髦腰带,整个身躯洋溢一种女性特有的青春的气息。还是那样亭亭玉立,还是那般风姿潇洒……

我们是一同跨入教师队伍的,我是民办教师;她是代课教师,月工资都是35元。她勤学好问,待人热情,每次谈话留给人的印象总是爱笑,且有一串银铃般的声音,大家都很喜欢她。一些不太好接触的老教师也热情地给她传授经验,加之她备课认真、辅导耐心,很快成了青年教师中的佼佼者。教研室的领导也看中了她,让她搞汉语拼音直呼教法实验、小学作文教改实验。两年后,她真的搞出了成绩,省市领导来听她的课,外县的同行们也请她去介绍经验。我们几个青年教师也暗中把她当榜样模仿。说真话,我简直都有点嫉妒她了,可也真心佩服她的才能。

后来,上级通知我们参加转正考试,我们几个利用一切能利用的时间复习起来。好几个晚上,我去找她共同复习功课,她仍在专心地备课或批改作业,她舍不得正在实验中的教改项目,丢不下那群天真烂漫的学生,唯恐因自己复习耽误学生学习。结果发通知书那天,她偷偷哭了一场。领导安慰她,鼓励她,在教师会上表彰她,于是她又信心百倍地投入工作了。她曾当面对我说:要相信领导的话,夜明珠埋不到土里边。

我则走上了一条转正、进修、上大学的道路。去年,在河大院内,老乡告诉我:她父亲去世了,母亲也生病住了几个月的医院,欠债2000多元,两个哥哥又都不想拿钱,分门另住。一家人只剩下她和生病的母亲。每月85元的代课费怎么也不够花。教育局的领导同情她,却爱莫能助,里里外外都苦了她了。于是,生活的重压让她不得不放弃那充满自己青春理想的课堂。夏天卖冰糕、汽水;冬天卖服装。

以后，又听说由于她风姿潇洒、热情大方；且服务周到又正值青春年华、生意一直很红火，一年来，还清了全部债务，又有了存款。

"哎——大学生，"那甜甜的女中音冲我叫道，"来，解解渴。"她伸手递过来一枚硕大的雪糕，手里还拿着一瓶汽水。我这才发现自己走了神。"学校放假了吧。不等我回答，她上下打量着我的洗得发白的兰的确良衣服和自行车后架上几本厚厚的书："行，你成功了，多啃几年书本，替咱当过教师的年轻人争了气。我失败了，只好入乡随俗。"说着，她双手一摊，脸上掠过一种复杂的表情。

"经济上有困难，我支援你。"她叮嘱我。我不知是怎么离开她的，我更说不清谁成功了，谁失败了。

我突然想到了电影《红高粱》。

"妹妹你大胆地往前走，往前走，莫回头，通天的大路有九千九百九十九……"

1987 年 3 月 11 日

别难为雷锋

春回大地，万象更新，雷锋精神又开始回到神州大地。但在轰轰烈烈的学雷锋活动中，却有一些现象令人深思。

有一批离休老同志自觉起来，在街头开展学雷锋奉献周活动。项目有医疗、教育咨询、修补锅盆等，各种服务均不收费。一听说修补锅盆也不收费，一下子许多破盆烂锅蜂拥而至，在这些学雷锋的老同志面前排起了长长的补盆队。这些老同志一连几天，累得腰酸腿疼，也未修完。结果，修好者，满意而归；来修者，有人嘟囔：学雷锋应该天天干，只学一周算啥？一方面，这说明我们的生活中太需要雷锋了，人们对雷锋精神是多么渴望；另一方面也的确令人不解：那些呼吁学雷锋应当天天干的同志，是否应该想想：你为别人做了些什么？

《开封日报·汴梁晨话》
1987 年 3 月 15 日

全社会都应该重视中小学德育工作

　　一提中小学德育工作，相当一部分同志认为这是教师们的事。好像与其他行业关系不大。遇到道德品质不好的青少年，就报怨教师没有教育好。实际上，学校也没有生活在真空里，学生们又都是社会的一员，与社会的各行业有着千丝万缕的联系。社会上的不良风气，无时无刻不在冲击着学校。不少教师都有这样的感慨：学校对学生苦口婆心地教育了一星期，一到星期天，在街上一场录像或一场电影什么的就把教师一星期的教育冲击掉了。不少家长也反映，现在的孩子难管教，家长还没有教育他要艰苦奋斗，要用心读书，不要接触不三不四的人，学生比家长还急，别说了，不还是老一套吗，现在都80年代了，还要我们跟您年轻时那样行吗？结果是家长说不过学生。确实，一些青少年讲起道理来口若悬河，实际上，道德品质不怎么高，这固然是学校教育不够，有教育的效果不好，教育的方法陈旧，导致学生厌恶的原因，但也决不能轻视社会教育和家庭教育的因素。

　　首先，要抓好中小学的德育工作，我们就应该首先给中小学生提供一个良好的社会环境，使学生日常所见、所闻、所到之处都感觉到时代的脉搏，感觉到处处有一种高尚的社会道德，有一种毫不利己，专门利人的共产主义思想，有一种"先天下之忧而忧、后天下之乐而乐"的社会责任感。电影、电视、录像、图书等发行都要考虑到青少年学生的实际情况，使中小学德育工作成为整个社会工作的一个有机组成部分。

　　其次，每个家庭也都应当给自己的孩子创造一个良好的成长环境。家长要处处事事当好孩子的榜样，不要孩子做的事，家长要带头不做；要孩子遵守的纪律，家长要首先遵守。如果家长整天牢骚满腹，得过且过，做一天和尚撞一天钟，只口头要求孩子勤奋读书，那是很难奏效的。

　　学校更是担负着主要责任，因现在的学生，白天的绝大部分时间在学校。教育者更应该做好学生的表率，言教身教，教书育人，把德育工作贯穿各科实际教学之中，对不同学生因材施教，动之以情，晓之以理，必须精诚所至，金石为开。

总之，全社会都应高度重视中小学德育工作，力争使每一位青少年都能成为有理想、有道德、有文化、有纪律的一代新人。

路卓 1987 年 9 月 10 日

不忘人民养育恩

他叫张永福，中等身材，清瘦脸庞，35 岁的他已经有 18 年干泥工的历史了。

他在开封县颇有名气，特别是在建筑和教育两个行业，几乎是无人不晓，他负责施工的两座教学大楼连续被省、市质检部门评为优良工程二级。

张永福说："我们搞建筑的，不能只为了钱，不论哪个单位，也不管钱多钱少，活只要是我们干了，首先要保证质量。我们不能坏良心。"

1987 年盖县实验中学楼时，他三个多月没有在家吃上一顿囫囵饭、睡上一个囫囵觉，每天吃住在工地，有两家亲戚办事，请他赴宴，他都因不放心施工而未到场，亲戚说他只为挣钱，连亲戚也不要了。张永福苦笑一下："教育上的钱连买原料都不够，学生也等着上课用，我们公司已经垫支 10 万了。"一席话说得亲戚怒气全消。

建筑工人有意见，他做工作，以自己的切身体会讲，文化水平低了，啥大事也干不成，教育事业上不去，开封县将永久落后和贫穷；家属有意见，他耐心解释：人活着，光为钱为吃喝有啥意思，给学校盖成优质楼，帮助学生成才，也算咱报答人民养育之恩的一点儿心愿。

辛勤的努力换来了可喜的成果，县、市、省质检部门连续高度评价了张永福的工作。

路卓 1987 年 4 月 16 日

教育工作者要增强科研意识

当前，人们谈论的教育热点是如何提高教育质量，发挥教育效益，办好教育为人民。这是一个大课题，固然有物资条件、师资水平、科学管理等诸多因素，但每一位教育工作者增强教育科研意识，结合本职工作，边干边总结经验教训，使之少走弯路，无疑也是一个重要方面。

我市城乡许多中小学教师工作踏踏实实、兢兢业业，执教几十年，矻矻不息，殚精竭虑，为祖国培养了一代又一代的接班人。这些同志热爱教育事业，忠于党和人民，有许多宝贵的教育教学经验，但由于缺乏教育科研意识，平时里只是干，没注意总结经验教训。一些全省、全国出名的教师，倒是外地没少请去介绍经验或讲学，墙里开花墙外香。我市的一些新踏上教育岗位的青年同志则要自己从头摸起。经验属于个人，而不属于事业的现象在不少学校客观存在着。

实际上这个问题也好解决，那就是有教育教学工作经验的同志除平时传帮带以外，将自己成功的经验和值得借鉴的教训写下来，整理出来，并尽可能地上升到一定的理论高度，发表出来，于人于己于事业，有百利而无一害，还可以为科教兴国做贡献，何乐而不为？

教育工作者忙、苦、穷是事实，献身事业，不为五斗米折腰，不世俗也是事实，关键是每个同志都应有教育科研意识，只有有了强烈的意识，才会有行动。亚运会上，我国得了那么多的金银铜牌，就跟近几年我国体育科研红火有着密切的联系。再则，搞好教育科研是深化教育改革，办好教育为人民的客观需要。虽然我市已比较重视此项工作，但没有广大教育工作者投身其中，是不会有重要成果的。因此，为了祖国，为了明天，为了自己所钟爱的事业，全市每一位教育工作者都应为教育科研尽些力。

愿我们的每一位同志都能成为教育教学领域中的专家。

路卓 1988 年 9 月 10 日

话落榜

一年一度的高考过去了，一些考得不好的青年朋友认为丢人，于家于朋友不好交代，更有甚者，说高考是跳龙门，跳过去了就是龙、跳不过去就是虫。其实，这大可不必。

一个人自卑的后面跟来的就是可怜，只会唉声叹气的人永远成不了生活的强者，悲观的泪水只会空耗宝贵的时光，而绝不可能漂起理想的航船。诚然，上大学有利于成才，有利于实现自己的理想，但不可能人人都可以到大学深造。成才离不开自学，就是大学毕业了，在当今科学技术飞速发展的今天，也必须坚持自学，不断地更新和充实自己的知识，才能真正成就一番事业。实践出真知，实践是最好的老师，没有考好的青年朋友，应扬起理想的风帆，在实践中学习，在实践中创造，走自学成才的道路。

老作家丁玲说得好："对于一个有思想的人来说，没有一个地方是荒凉和偏僻的，在任何逆境中，她都能够充实和丰富自己。"理想的路就在脚下。

路卓 1990 年 6 月 4 日

古代灯节题材诗词浅谈

祖国的历史源远流长。中华民族自古以勤劳智慧著称于世。我们的祖先以其聪明才智，创造了灿烂的古代文化：它五彩缤纷，卷帙浩瀚，犹如一个群光争耀的星系，永远彪炳于世界历史的太空。这是一个伟大的艺术宝库。在这个艺术宝库中，古典诗词则像一个姹紫嫣红的百花园一样溢彩流丹；而以上元观灯为题材的诗词，更是这百花园中的一枝独秀。特别是宋代，由于封建经济的迅速发展，随着城市商业的日益繁荣，观灯规模逐渐扩大。当时不论是北宋以汴京为中心的黄河流域，还是南宋以杭州为中心的江南水乡，许多人都利用上元观灯的机会抒发自己的胸臆，于是就留下了许多足以传诵千古的诗篇来。

据孟元老的《东京梦华录》记载，唐代自睿宗景云二年以来，开始有了观灯的风俗，但当时还只有正月十五这一夜。唐代开封的情况是："正月十五日元宵，大内前自岁前冬至后，开封府绞缚山棚，立木正对宣德楼。游人已集御街两廊下，奇术异能，歌舞百戏。"至唐玄宗时代又由一夜扩展为三夜。诗人苏味道的《正月十五》诗云，"火树银花合，星桥铁锁开。暗尘随马去，明月逐人来"。崔液则从另一个角度写下了《上元观灯》，"玉漏银壶且莫催，铁关金锁彻明开。谁家见月能闲坐，何处闻灯不看来"。两首诗从不同角度描绘了上元观灯的盛况，有异曲同工之妙。由此，我们可以看出当时人来人往、万众围观的景象。

到了宋代，灯节的规模进一步扩大。自北宋乾德五年起在唐时三夜的基础上又加上十七、十八两夜。至南宋理宗淳祐三年则又增加上十三日夜。从此，十三试灯到十八落灯的风俗世代沿袭下来，文人墨客为之赋情酬唱的机会，也愈来愈多。

著名文学家欧阳修的《生查子》是一首描述北宋灯市夜景的佳作，其中交织着作者对爱情的向往，也饱含着对旧友痛苦的回忆："去年元夜时，花市灯如昼。月上柳梢头，人约黄昏后。今年元夜时，月与灯依旧。不见去年人，泪湿春衫袖。"诗写得情真意切，委婉动人。怪不得千百年来，脍炙人口。而另一位诗人陈烈，则满怀义愤写下了一首令人击节叫好的观灯诗。当时正值宋神宗元丰年间，刘瑾在福州做太守。为了庆祝灯节，他下令不论贫富，每户百姓一律捐灯十盏，以渲染歌舞升平。这对许多穷得连饭都吃不上的平民百姓来说,怎么能做得到?可在官府逼迫下又必须去办。于是诗人气愤之余,在当地鼓楼门前的大灯笼上,题上了他对贫苦人民的满怀同情和对黑暗统治的强烈控诉:"富家一碗灯,太仓一粒粟;贫家一碗灯,父子相聚哭。风流太守知不知?惟恨笙歌无妙曲!"读着这诗句,令人想起杜甫的"朱门酒肉臭,路有冻死骨"的愤慨之情;也令人回味张养浩《潼关怀古》"宫阙万间都做了土,兴,百姓苦;亡,百姓苦"的金刚怒目之态。

南宗皇室,偏安一隅,整日里花天酒地,挥霍无度。每值灯节,上至皇帝,下到庶民百姓倾城欢庆,热闹非常,使观灯规模更大,盛况空前。诗人姜夔在杭州写道:"南陌东城尽舞儿,画金刺绣满罗衣。也知爱惜春游夜,舞落银蟾不肯归。"写出了人们在观灯之夜,身着彩服,轻歌曼舞,至深夜仍不肯归去的情景。女诗人朱淑贞的《元夜》更是别有风韵:"火树银花触目红,揭天鼓吹闹春风。新欢入手愁忙里,旧事惊心忆梦中。但愿暂成人缱绻,不妨常任月朦胧。赏灯那得工夫醉,未必明年此会同。"诗人在这里以女性特有的细腻写出了一般人的情绪心态,那种时不我待、叹逝流年而又无限惋惜之情跃然纸上。爱国词人辛弃疾也曾借上元灯节来寄托自己的衷肠。"东风夜放花千树,更吹落,星如雨。宝马雕车香满路,凤箫声动,玉壶光转,一夜鱼龙舞。蛾儿雪柳黄金缕,笑语盈盈暗香去。众里寻他千百度,蓦然回首,那人却在,灯火阑珊处。"这首《元夕》将元宵灯节的盛况刻画得活灵活现。整个构思,峰回路转,别开一种境界,将词人那种怀才不遇、报国无门的思想尽含其中。写的是眼前物,但是含意隽永,深有韵外之致,乍一看去词人是浮光掠影式地在铺陈歌舞升平,细细品味,从字里行间都洋溢着作者被压抑的"气吞万里如虎"的奔放胸怀。

旧中国的人民虽然生活在水深火热之中,但对幸福的生活总是充满着憧憬的,只要遇上一年好收成,就会以快乐的心情在灯节时热闹一番。范成大为此写的一首《灯市行》就表现了人民的这种喜悦之情。"吴台今古繁华地,偏爱元宵灯影戏。春前腊后天好晴,已向街头作灯市。叠玉千丝似鬼工,剪罗万眼人力穷。两品争新最先出,不待三五迎东风。儿郎种麦荷锄倦,偷闲也向城中看。酒垆博塞杂歌呼,夜夜长如正月半。灾伤不及什之三,岁寒民气如春酣。侬家亦幸荒田少,始觉城中灯市好。"此诗将江浙一带农民忙中偷闲、向往灯市欢乐的形象刻画得栩栩如生,好像一幅风俗民情画似的使人赏心悦目。

写欢乐的、写愤恨的、写惋惜的都有。但在众多的两宋诗词大家中,著名女词人李清照别具一格地写出了另一种情趣："落日熔金，暮云合璧，人在何处？染柳烟浓，吹梅笛怨，春意知几许！元宵佳节，融和天气，次第岂无风雨？来相召，香车宝马，谢他酒朋诗侣。"这首《永遇乐·落日熔金》将词人颠沛流离中那种凄凉心情，那种对生活充满着深深的爱，却在战乱中苟且偷生的处境表达得淋漓尽致，读来感人至深。

明清两代沿袭宋代观灯旧俗，各自都曾极盛一时。清康熙年间，词人彭孙通以上元观灯为题材写了一首《洞仙歌·元夕》记载当时的盛况："千门万户，听踏歌声遍，一派笙箫暗尘远。有麝兰通气，罗绮如云，香过处，隐隐红帘尽捲。闲行南北曲，玉醉花嫣，争簇天街闺蛾转。更谁家艳质，灯火阑干，蓦地里夜深重见。向皓月光中费疑猜，不道是今宵，广寒人现。"

记得初读陆放翁的《老学庵笔记》时，发现了"只许州官放火，不许百姓点灯"的出处。说是宋代有个叫作田登的州官，当地老百姓为避讳"灯""登"的同音，只能把点灯叫作"点火"。有一年，在元宵佳节的放灯布告上写着"本州依例放火三日"。后来就形成了"只许州官放火，不许百姓点灯"的典故。今天，劳动人民当家做主了，社会安定，市场繁荣，政通人和，百业正举。我们的元宵灯会已经融传统的古代工艺与现代科学技术于一体，昭示着时代的文明；我们的诗人们，也一定能写出更多无愧于我们这个伟大时代的作品来。

《开封教育学院学报》1986年第2期，总第9期

家长要当好孩子的榜样

目前,随着生活条件的提高,有些青少年只讲吃穿,不讲学习,不爱劳动。对此,有不少家长叫苦连天,埋怨孩子不懂事、不争气;抱怨社会风气不好,环境影响不良,学校教育不力等。还有的家长动辄对孩子不是打就是骂,可孩子们并非真怕,要不了几天,依旧还是老样子。

出现这种情况,原因是多方面的。笔者作为教师,曾就此问题询问过不少学生。他们反映很强烈的一条,即家长不能当好榜样。不少家长只要求孩子们发愤读书,力求上进,而自己却好吃好穿,整天无所事事,得过且过,使孩子内心里很不服气。

孩子们年龄小,看问题直观。家长在孩子心目中形象不高,即使你再厉害,孩子还是不愿听。有的家长看问题片面,只看到孩子的错误,看不到孩子的进步,恨铁不成钢;有的家长揪住孩子的缺点不放,一批评就上挂下联,致使孩子天天挨吵,感到好坏都是一个样,结果是家长好心没好报,出力不见效。

因此,家长教育孩子,也应是身教重于言教。作为家长要严格要求自己,在孩子面前不该说的话不说,不该做的事不做,从多方面努力,做好你孩子的榜样,同时也应讲点教育方法,不要动辄就打骂,遇到孩子做错了事,要善于诱导,使他们健康地成长。

《开封日报》1986 年 7 月 15 日

"无私"才能"无畏"

"无私无畏"这个词语创造得真好,无畏者必无私心,有私心者必然缩手缩脚,因此,无私才能无畏。

读了《开封工人报》4月22日一版头条的报道《采访中涌动的忧患意识》,我深为报社同志们无私无畏的精神所感动。《开封工人报》一贯遵循着"职工之友,读者知音"的办报原则,这个原则在这篇报道中更深刻地体现了出来。《开封工人报》这种敢讲真话的做法,必将赢得更多的读者。

我们姑且不论开封市剪刀厂衰败的原因何在。我想:这个厂和主管这个厂的上级领导中共产党员恐怕还是不会少的。如果是共产党员,那么对党的宗旨应该是不会忘记的吧。党的宗旨是全心全意为人民服务,某些个别领导干部应当好好考虑一下自己的职责了。目前,群众对一些党员很有意见,就是因为这些党员忘了党性,忘了党的宗旨。如果我们党的每一位党员都从我做起,从现在做起,无私无畏,发挥出我们党的政治优势,还会有什么工作做不好呢?

如果在工作中只考虑自己的荣辱得失,那么失去的绝不仅是个人的利益,而是事业和人心啊!

1988年3月2日

加强乡级教育管理势在必行

中国教育，大头在农村；农村教育，关键在管理；农村教育管理，乡级是重要一环。

目前的乡级教育管理形式主要有三种：一、乡教育委员会负责；二、乡教育组或乡教办公室负责（这种形式占总数的90%以上）；三、乡中心学校负责制。从这三种形式的效果看，单用哪一种，都各有利弊。特别是乡教委负责和中心校负责制尚属实验阶段，虽然这两种形式显示出了较大的优越性，但仍有在实践中不断完善和提高。不论哪种形式，都需要管理出质量、管理出效益。

从乡现在的规模看，小乡辖10来所学校，大乡辖30~40所，一般乡辖20多所。学校的种类有幼儿园（包括学前班）、小学、初中、成人技术培训学校。每个乡的教办室俨然是个小教育局，工作千头万绪，业务性强。但由于缺乏管理经验，教办室的同志大多忙于应付各种报表、统计、检查等，被动有余，主动不够，以至于整日疲于奔命而无所事事。

笔者曾多次与乡党委书记或乡长谈及加强乡级教育管理之重要性，一部分书记乡长却认为："管理是你们教育局的事，我们只管改善办学条件。"诚然，教育局确实应加强管理，可一个县教育局下属几百所学校，真有点管不过来。

百年大计，教育为本。加强乡级教育管理已经成为社会发展的客观需要。事实证明：哪个地区乡级教育管理完善了、系统了、科学了，哪个地区的农村教育事业就一派欣欣向荣，在这方面，江苏省建湖县钟庄乡就是一个很好的例子。因此，对这个问题，早抓就主动，晚抓就被动，不抓就会贻误教育大业。县乡政府和教育主管部门都应积极研究和探索加强乡级教育管理的方法和措施，以利教育改革的全面深化。

《开封教育报》1990年10月5日

四、评 论

弘扬焦裕禄精神贵在自觉

开封是焦裕禄精神的发祥地。生活在这片热土上的每一位党员干部，学习焦裕禄同志的作风，弘扬焦裕禄精神有着得天独厚的客观条件。学习焦裕禄同志，弘扬焦裕禄精神，做好我们开封自己的事，贵在自觉，贵在落实，贵在从现在做起，从自我做起，诚如是，应从以下三个方面努力。

一、以民为本、立党为公

焦裕禄精神的全部内容是全心全意为人民服务。人民群众是我们全部工作的主人翁，把人民群众的需要与党和政府的政策高度有机地统一起来、结合起来，像焦裕禄那样，把自己工作的每一件小事都与党和人民联系在一起。立党为公与以民为本相辅相成、珠联璧合。立党为公不是口号，而是由一件件符合党的政策的事情组成的实践。立党为公就是要求每位党员，尤其是党员干部，必须从思想意识上真正入党，从人生观、世界观、价值观方面无任何个人色彩作祟。

二、淡泊名利、严于律己

淡泊名利、严于律己，就要自觉调整好自己的心态。工作者是美丽的，人生都是几十年，谁叫我们是共产党员呢！入了党就应自觉弘扬焦裕禄精神，不以恶小而为之，不以善小而不为。不争名，不争利，不争权，不争论，不羡慕青云直上，不羡慕过眼云烟，不羡慕不劳而获，正正派派做人，踏踏实实做事，勤勤恳恳工作，不以地位论英雄，不以名利论得失，不为"浮名"遮望眼，"不求闻达于诸侯"。

三、团结协作、大局为重

三人一条心，黄土变成金。40多年前，正是焦裕禄同志团结兰考的干部群众，处处讲大局、时时讲奉献，才有了焦裕禄精神，讲团结、讲协作、讲大局、讲奉献，团结一切可以团结的力量，高举团结协作的旗帜，万众一心，众志成城，心往一处想，劲往一处使，没有克服不了的困难，没有做不成的事业。团结协作、大局为重是焦裕禄精神的重要内涵和实质。一部中国共产党的历史，就是一部团结奋斗的可歌可泣的历史。弘扬焦裕禄精神，在工作中讲团结、讲大局，但团结不是无原则地一团和气，不是睁一只眼闭一只眼。团结是在党和人民利益上、原则上的团结，是为人民服务的团结，是严于律己、宽以待人的团结，是求真务实、与时俱进目标下的利益无小事，对党对人民的赤胆忠心全融化在这雷厉风行的工作作风中。焦裕禄同志一生干一行，爱一行，钻一行，专一行，雷厉风行，虚心学习，深入调查，少说多干，勇于发现困难，善于克服困难，实实在在地解决问题，默默无闻地为民办事。这种作风、这种精神、这种人格对于开封的党员干部来说太需要了，太重要了。

今天，当我们面对市场经济的大潮，面对人民群众和社会发展的新需求，就更应该自觉地弘扬焦裕禄精神，唯如此，才能无愧于党，无愧于人民，无愧于时代。

弘扬焦裕禄精神贵在自觉。

《开封日报》2004 年 4 月 14 日

试论学习陶行知教育思想的现实意义

50多年前，中国现代教育史上一颗巨星陨落了。当我们站在建设中国特色社会主义的道路上，当我们处在由计划经济向社会主义市场经济的转轨过程中；当我们确立了"科教立国"的战略思想，培养超前人才，而教育现实中又有许多不尽如人意的地方时，重温陶行知先生50多年前的教育思想及实践，对我们今天深化教育改革、发展教育事业具有伟大的现实意义和深远的历史意义。

陶行知先生处在我国新民主主义革命时期，他的一生为人民教育和社会发展做出了巨大的贡献，毛泽东称他是"伟大的人民教育家"。宋庆龄称他是"万世师表"。周恩来称他是"党外的布尔什维克"。美国华莱士说："陶博士并不仅属于中国的，而是属于全世界。"陶先生一生矻矻不息，孜孜以求，筚路蓝缕，百折不挠。凝含于他教育思想和实践中的奉献精神、爱国主义、锐意进取、教学做合一、科教兴国、言传身教、诲人不倦等特征是我们民族教育史上一笔巨大的精神财富。本文试从五个方面进行论述和探讨。

一、学习陶行知的奉献精神，大力发展基础教育和职业技术教育

陶行知先生1917年留美回国，任南京高等师范教务长，东南大学教育主任。1920年担任中华教育改进社总干事、主编《新教育》，宣传"中国教育改造"，推进"平民教育运动"。他亲自到江苏、安徽、江西、湖北等地调查，发现大多数农民没有受教育的权利，办教育的人总要在城里凑热闹，提出："教育必须下乡"，"知识必须给农民"。1927年，他毅然放弃每月400银元待遇的大学教授不做，脱掉西装革履，穿上布衣草鞋，到农村睡地铺、住草房、创办晓庄师范学校。他说要"筹100万元基金，培养100万乡村教师，创办100万乡村小学，改造100万乡村，以振兴中华民族"。陶行知先生作为博士、教授，到最艰苦的地方去办教育，这种精神境界和道德行为，这种以民族大义为重的献身精神和远见卓识，多么值得今天的教育界同仁们发扬光大。现在党和国家把发展教育看成百年大计，当作提高全民族素质和国家兴旺发达的大事，竭尽全力解决教师的实际问题，而

我们教师队伍中的一些年轻人却老这山望着那山高，不安心教育工作，不愿到艰苦的地方去，致使在较偏远的农村小学校连个公办教师、甚至正规民办教师都没有，全部是临时代课教师，群众含辛茹苦凑钱盖起来的漂亮的校舍，农家孩子那一双双求知的眼睛，多么需要我们投身到农村去，到艰苦的地方去，像陶行知先生那样"捧着一颗心来，不带半根草去"，像他那样把自己的行为投入社会发展的怀抱，用自己的心血和汗水为社会主义教育事业增砖添瓦。试想：在旧中国，陶先生单枪匹马，还能干出成绩来，现在，普天阳光，为什么不能干出一番事业？关键是要有献身精神。人生一世，诚如毛泽东同志所言："人是要有一点精神的。"

二、学习陶行知先生的爱国主义精神，使学生树雄心，立壮志，天下兴亡，匹夫有责

陶行知先生的教育思想中无处不闪烁着爱国主义的光辉，并且时刻把爱国主义教育落实在教学实践中。"九一八"事变后，陶先生由"平民教育"提出"救国教育"，说"中国已经到了生死关头"，"虎狼已经进了房子吃人"，"我们必须上战时之真功课，以学得应战之真本领"，并提出"国难教育方案"鼓励晓庄师范的学生到战场上去。他曾在《中国大众教育问题》中指出："不许大众救国的教育，乃是亡国的教育；不许行动的教育，乃是加重国难的教育……为读书而读书，为教书而教书，乃是亡国的教育。"

学习陶行知先生的爱国主义教育思想和实践，首先教师本人要像陶先生那样爱国。在我们今天的教育中，爱国主义教育亟待加强。现在一些学生智育至上，金钱至上，小小年纪便油嘴滑舌，初出茅庐便看透了一切，不能不说与我们的爱国主义教育薄弱有关联。陶先生认为，"学问和革命是一件事"，"在学问上忠于真理，在政治上忠于革命"。我们的教育工作者，应当像陶先生那样，把祖国的利益看得高于一切，把爱国主义教育落实在日常工作中，既教书，又育人，通过自己的辛勤劳动为祖国培养又红又专的德才兼备人才，这就要求我们不断地学习马列主义、毛泽东思想、学习建设有中国特色的社会主义理论，不断地提高自己的政治素质和业务水平，使自己的思想、学生的思想与祖国的脉搏一起跳动，以无愧于我们伟大的时代和人民。

三、学习陶行知先生的"科学下嫁"教育思想和实践，坚持农科教结合，强化科教兴国

1930年，晓庄师范被反动派查封，陶行知被迫逃亡日本，在日本他考察了日本工业化的过程，发现是从明治维新重视教育、重视科学的结果，从而受到启发，他说："中国从农业文明过渡到工业文明，自然科学是唯一的桥梁。"1931年，陶先生回国后，提出"科学下嫁"的口号，号召大家要让科学从少数人垄断处走下来，下嫁给工人农民和劳苦大众，下嫁给学生和儿童。指出，"造就科学的儿童，以建设二十年后之科学的中国，使中国永远立于不败之地"。1932年他相继创办了光华、晨更、山海等"工学团"，实行工农教育，开展半工半读、半耕半读，"以大众的科学，保护大众的生命"。陶先生还经常亲自为学生上课，他说，"中国要有牛顿，也要有伽利略"，号召学生学牛顿深思、学伽利略实做，"播下科学种，结成智慧果"。他在1935年就提出："做一个现代人，必须取得现代的知识，学会现代的技能，感觉现代的问题，并以现代的方法发挥我们的力量。""不懂科学的人，不久便不能做教师了。"

陶先生的"科学下嫁"思想与今天的科教兴国不谋而合；他的"教、学、做合一"的方法又与教育与生产劳动相结合，农科教统筹，基础教育、职业技术教育、成人教育三教并举，协调发展相吻合。我们今天构筑大教育板块，设计大教育的宏观思路，陶先生不仅提出了，而且亲身实践了。现在党中央、国务院提出"科教兴国"，各省、市、县区也相应提出科教兴省、兴市、兴县区等。社会主义市场经济的发展，已经向我们提出新的要求，在很大程度上，目前教育改革的深化程度远远未赶上经济体制改革的步伐。我们是穷国办大教育，我们培养的人才不能完全适应新形势的需要，这是个极大的浪费，更会因制约经济的长足发展而令我们教育工作者汗颜。

陶先生在50多年前认识并实践的东西，我们今天只能做得更好，坚持农科教结合，坚持教学做合一，为农、工、贸、科、教一体化，种、养、加、技术相结合，为建立社会主义市场经济条件下具有中国特色的社会主义教育制度而努力工作。

四、学习陶行知先生勇于创新，锐意进取的精神，为深化教育改革，积极实践和探索

陶先生认为："今日新的事，到了明日未必新；明日新的事，到了后日未必新。"因此教育应"寻常新之道"，应"把教育的奥妙新理一个个发现出来"。"开创造之花，结创造之果。"他说，"宇宙在动，世界在动，人生在动"，"教育亦要动，吾人须使之继续不断地改，继续不断地进"。

陶先生创造性地提出了"生活即教育"，"社会即教育"，"教、学、做合一"的教育新理论体系。他把王阳明的"知是行之始，行是知之成"，改为"行是知之始，知是行之成"。他是美国实用主义教育家杜威的学生，把杜威的"教育即生活"，"学校即社会"改造为"生活即教育"，"社会即学校"，连杜威也称赞陶先生胜过自己千百倍。他还主张教育走出"象牙之塔"，放弃"万般皆下品，唯有读书高"，他把自己的教育理论比之为，"它不是摩登女郎之金刚钻戒指，而是冰天雪地下穷人的窝窝头和破棉袄"。

陶先生在教法上提出，"事怎样做，就怎样学，怎样学，就怎样教"，"要在做上教，在做上学"。他反对读死书，说，"活人读活书，字字是珍珠"，并提出新时代的学生要"用活书去生产，用活书去实验，用活书去建设，用活书去革命，用活书去树立一个比现在可爱可敬的社会"。

今天，我们正处在一个日新月异的时代，祖国的大建设一日千里，新事物、新思想层出不穷，社会主义市场经济条件下各行各业的迅猛发展，各项改革的日益深化都在向教育提出挑战，都在渴望着教育的成功与支援，我们的每一个教育工作者都必须立足本职，解放思想，锐意创新，脚踏实地，不断深化教育改革，走出自己的路子。

五、学习陶行知先生善于做思想教育工作，为人师表，言传身教，诲人不倦的精神

陶行知先生认为教育就是，"教人做人，教人做好人"，"为整个民族的利益造就人才"。要防止学生读书为了"升官发财"，做"人上人"，他常说，"人生天地间……为一大事来，做一大事去"，他主张，不论教师或学生都应"民所好好之，民所恶恶之"。"把所学得的东西献给老百姓，为老百姓造福利"，把"所学的东西献给整个国家民族，为整个国家民族谋幸福"。他主张学音乐的学生要"为

真理而歌，为老百姓而歌"，学美术的学生要"画出老百姓的好恶悲欢，作息斗争，画出老百姓的平凡而伟大"。陶先生处处事事言传身教，为人师表，百教不厌，诲人不倦，做好深入细致的思想教育工作，重视"以人教人"。他指出，"要学生做的事，教职员躬亲共做；要学生学的知识，教职员躬亲共学；要学生守的规则，教职员躬亲共守。我们深信这种共学共事共修养的方法，是真正的教育"。

　　学习陶先生的教育思想，结合当前我们的教育现实，可以看出：虽然我们经常强调加强对学生的思想教育，经常要求教师教书育人，以身作则，不断加强师德修养，提高业务水平，处处事事时时为人师表，但由于种种陈规陋习的侵扰和影响，至今仍有许多方面做得不够。社会的发展，祖国的需要，市场经济的召唤，已经使我们教育工作者到了迫在眉睫的时候。国外反对势力亡我之心不死，激烈的世界竞争，最后都是人才的竞争，教育的竞争。教育的方式、方法、内容决定人才的素质和走向，而只有数千万计、数亿计的合格人才的培养，才能真正托起我们共和国明天的太阳，才能使我们中华民族真正立于世界民族之林。因此，我们的教育工作者，正像邓小平说的，"我们肩膀上的担子重，责任大呀"。

《汴京论苑》1996 年 3 月

一江春水向东流

——阅读小小说《裙子》

读了黄河风同志的小小说《裙子》，使人立即想起孙犁同志的小说《荷花淀》，那语言、那事理都给人以清新真实的感觉。

小说以一条裙子为契机，不仅写出了家庭味、人情味、夫妻间卖关斗嘴、互亲互爱、互让互敬的生活气息，而且写出了在改革开放之中农村妇女思想观念的深刻变化。记不清哪位伟人说过：妇女解放的程度是社会发展的标志之一。千千万万农村妇女思想观念的改变，必将带来一系列重大的生产、生活方式的改革。实际上也如此，党的一系列富民政策的实施，使广大农村妇女的文明程度大幅度提高，她们正在同千千万万的男同志一样，以自己矻矻不息的劳作，为我们伟大的共和国贡献着力量。

小说以小寓大，以一滴水反射太阳的光辉，虽笔墨不多，已是转旋拨轴三两声，未成曲调已有情，以生活之小事反映出改革的大趋势。读后给人以中国的改革大潮汹涌澎湃，宛如一江春水滚滚东去的感觉，它必将荡涤一切贫穷落后和腐朽思想，而我们每一个共和国的公民都是这场重大社会变革的受益者。

1988 年 8 月 23 日

敢以楚辞吊国殇

——读小小说《雕像》

读了发表在《人事新闻报》(1991年8月7日)上的小小说《雕像》,使人联想到《高山下的花环》,联想到《西线轶事》和《山中,那十九座坟茔》,联想到共和国卫士和在冰天雪地或白浪滔天的岗位上保卫着国门的战士。

小说的主人公"我"因事误了出差,便找"他",一位从战场上下来的残疾军人修鞋子。一开始作者就采用白描手法刻画出修鞋人的刚毅形象:"他的手指粗壮有力,手面红里透黑,凉凉的风吹开了手面上一纹纹的血口。"寥寥数语,既照应了题目,又为后面的情节发展埋下了伏笔。"他"鞋子修得好,钱又要得少,当"我"吃惊地发现"他"装的是假肢时,"他"却说得平静自然,"能干些力所能及的活儿,就算对得起牺牲的战友了","他"把功让给别人,工作也不计较,这不是平凡中的伟大吗?作品至此,修鞋人的形象丰满起来,正像鲁迅先生的《一件小事》中的人力车夫,形象顿然高大感人。

会当诗句呼百杰,敢以楚辞吊国殇。愿我们的文学家、艺术家以饱满的热情歌颂那些脚踏实地地为国家贡献的人,因为他们是我们民族的脊梁。

1994年9月10日

或有腐朽化神奇

——读张立先生《山海吟歌》

读罢张立先生的诗集《山海吟歌》，掩卷沉思，感悟颇多。想想，该书有三个特点。

情真且内容丰富是一大特点。作者于行政繁忙之余，寄情山水、寄情人民、寄情脚下的土地，这部三百首诗的诗集，通篇情真意切，朴实无华。作者登山，则情满于山；临海，则情溢于海。学习、工作、下乡，于生活的方方面面，挥挥洒洒，林林总总，不论在汴在外，不论在山在水，不论繁忙清闲，热爱祖国和人民，热爱工作与事业的拳拳之心，溢于言表，寓小于大、寓事于理、寓人于情，真如鲁迅诗句，心事浩茫连广宇，于无声处听惊雷。人，是要有一点精神的，活着，总不能一生碌碌，如果光看权力与金钱，那才是白活一遭。诗言志，诗为心声，一个人敢写诗，敢经常写诗，至少是心底坦荡，敢与人交心，就可喜可贺。张立先生不仅写了，还又多又好，就难能可贵了。像《吟诗》一首他就将自己与读诗化为一体：

> 古诗吟读引遐思，绝胜春色撩情丝。
> 沧海千年事非事，人心古往知相知。
> 妙似佳境传神韵，流畅真情赋心诗。
> 且把背包做诗囊，或有腐朽化神奇。

类似佳句在诗集里比比皆是，《菊赋》中的：质胜百花贤者度／气压千竹才子风。香从远古流今日／情漫花前散弥空。《入秋》中的：清睡枕流云／酣梦到万里。《谒昭君墓》中的：词人千古纷争论／史册一卷定风流。娇柔何有丈夫气。十万刀剑化耕牛。《咏杏花》中的：豪情肝胆可成海／微风波动尽滔滔。《雨路》中的：试问今日田间事，几重精神青绿间。《游南湾水库》中的：大气自由天然成，美景无须雕凿胜。清新丽质山水滨，只待时日播远名。《随思》中的：难得奇物出俗见，易将新玉入旧匣。且种世间珍奇树，莫采他人篱下花。这就不仅情真和内容丰富，而且包含生活哲理，给人以思索和启示了。不能说《山海吟歌》字字珠玉，却有经典警句不断闪现，令人佩服。另外，像《夜宿山间，晨登石人山记句》中的：信步登顶峰，壮阔云气生。群峰美如绣，豪迈日东升。《偶思》中的：他山浅论惹嘲笑，此地高鸣惊绝伦。远游难学外方语，返城又惯古城音。《咏石》中的：慧眼识得真本色，各具异彩炫人间。《听申纪兰报告有感》中的：幽兰出谷底，芬芳远天边。西沟人家语，天脊是青山。《山行》中的：人在云上走，千山星捧月。仰观天山路，尚有几多折。《看电视剧西游记》中的：天界无非人间事，人间或缺神仙心。《读郑板桥诗》中的：诗成多在酒醒后，语犀妙在糊涂间。从来诗神多眷顾，自古词人无钱权。特别《悟》一首写得好，令人叫绝：

天地山小景物真，先贤妙语有遗痕。
自己眼睛自己看，莫使心灵属他人。

此小诗切中时弊，生活中不正是有许多人心灵属他人吗？《山海吟歌》以真挚的情感、自然的心声流露、丰富多彩的内容，令对当代诗词比较挑剔的我，一直读到凌晨两点，听着窗外淅淅沥沥的雨声，想着万物由秋入冬之状，还真是，唯情真，才有诗，唯诗意生活，诗意栖息才可坚持真善美，才可不断在精彩与无奈的现实中守住心灵，守住灵魂，守住当时入党时在党旗下宣过的誓言。

紧扣时代脉搏，充满时代气息是《山海吟歌》的第二个特点：《山海吟歌》所收诗篇从1998年4月到2010年10月，跨度12年。这12年正值中国改革开放日益深入，改革成效显现，中国的大国地位日益提升，人民日益安居乐业的时代，也是中国历史上、中华民族发展史上最为繁荣辉煌的时代，火红的时代。燃烧的激情，热爱生活，立志干事业的豪情壮志，使作者能站在时代的前沿客观而真诚地以诗的形式记录时代。如《写在奥运揭幕之时》中的：九重夜空飞花树，鼓狂歌欢山起舞。黄河长江皆是酒，酣畅淋漓醉万夫。众人皆知，当时申奥成功，全中国为之欢腾，夜不成寐，此小诗正是真实写照。近几年中央号召建设社会主义新农村，作者在诗中多次写到农村农家。《春日早村》中的：风铃牛摇响，鸡声树掩悬。欣欣悦无语，跃跃欲耕田。《农家集市》中的：车载人挑涌难尽，粮集牛市热闹中。老太幼童看不够，农夫少妇买如风。《黄龙景区行》中的：五彩池展五彩翼，百寻山观百寻虹。仰天叩响仙女门，轻纱罗裙雨花容。写农村千亩桃花的《桃花》中：三月踏春桃林中，花翅如蝶展云空。东风从来无颜色，何以着花便成红。这几句不仅词美，意境美，而且叩问大自然，哲学般地追问自然本源，有屈原《天问》遗风。为体现社会主义主流价值观，《山海吟歌》中有多处放歌红色景区、革命摇篮的。如《参观党的一大会址》：

> 南湖缥缈泊远帆，一重风雨一重天。
> 时节已令生新叶，春流径然破冰颜。
> 西天纷纷云成陈，北山峣峣基已翻。
> 归纳百川赴海日，烟霞波涛正翩翩。

结合党成立90年的历史，结合国际风云变幻，既高屋建瓴，又丹心可鉴。《莱芜战役纪念馆观感》中的：千古一事君记取，人凭精神马凭奔。《采访红旗渠》中的：还是林滤一坡山，红渠精神总新鲜。盘龙飞彻白云岭，旭日长照青石关。《井冈畅想》中的：八百井冈气势雄，丰功星火照天红。赣江风云浪澎湃，船行须扬此山风。联想到这几年唱红歌，开发红色旅游，不由人不佩服诗人的先见之明。

爱事业、爱家乡，小中见大是《山海吟歌》的第三个特点，此集凡诗三百首，写事业与家乡的就有150余首。人在农村工作，就要心在农村，作为县级主要领导之一，就是要为发展县域经济，造福全县人民殚精竭虑，鞠躬尽瘁。作者这150余首事业诗、家乡诗，真实地记录了开封县人民改天换地，大干快上的精神风貌，抒发了70万人民的壮志豪情。

除以上三大特点外，《山海吟歌》中的体现社会主义价值观、强调个人修养、追求不事张扬、为而不有的传统品格也都非常明显。

就艺术性而言，诗言志，诗唯情。《山海吟歌》中的好几首诗写得是相当好的，整个诗集中不少诗句锤炼得恰到好处。纵观全集，见仁见智，也确有一些值得商榷的地方，但瑕不掩瑜。此书的装帧、印刷都很美，自序写得也推心置腹，刘景云、李松婷、李俊的书法作品，也着实增色不少。

作者自谦是业余水平，实际上诗作没有业余的，好不好的标准是情真与否，体现社会主流价值观与否，绝不是故作高深，卖弄学问，有情则好诗，情真则诗好，不认真生活的人，善于投机钻营的人是体会不出来的。人没有热爱生活的激情是与诗无缘的，更与好诗无缘。

一个人，具不具备诗人气质，是不是诗人，也不是以数量为标准的，一个人热爱生活、激情常在，为公、为人、为国可以不计个人得失，他即使不写诗或很少写诗，他也是诗人气质，他也可以诗意栖息。一些人争利争权，蝇营狗苟，即使请高手为他立传颂诗，即使国家级报刊、出版社为之喝彩，也不过是多几本语言的垃圾（高尔基语），没一点儿真情，没一点儿价值，对人民和社会没什么用途，只会满足于个人的虚荣。

《新祥符》2012 年第 1 期

巨峰能相遇 白云犹自闲

——曾广诗歌浅识

初识曾广，是听文友说他治印了得，观两年前中国印界权威杂志《篆刻》，将他与日本篆刻名家尾崎苍石并列为中外两大名家，隆重推出，并大篇幅介绍和刊登作品。到开封府参观，又见门前奉诏亭门柱上曾广的篆体书法，加之数次在文朋诗友家见到曾广的泼墨花鸟与山水作品，特别是画的荷花，大气、纯美、浑然天成。渐渐地，一位多才多艺的艺术家形象丰满起来。日前，又得曾广诗集一册，读之，入心。诗、书、画、印四位一体。书、画、印，我不敢妄加评论。认真研读曾广诗集后，谈点粗浅的看法，借以求教于方家与曾广先生。

诗贵情真。曾广诗集的第一个特点是通篇洋溢着情真意切。作者，登山，则情满于山；临海，则情溢于海。对人对事，倾情入诗，思接千载，视通万里；内含外示，化万为一。全书共五部分，计诗300首。以东西南北中五路定名为中州情怀、南国眷恋、西部抒情、北方礼赞与东方观涛五个部分。通观全集，真情佳句，扑面而来，令人爱不释手。如《龙亭》："始建周王府遗址，万寿宫上踏雪泥。七十二级高台上，鸿飞那复计东西。"满怀深情地写了朝代更替，历史发展带给人们的沧桑变化。"万寿宫上踏雪泥"，历史的发展，不以人的意志为转移。当年万人敬仰，全国朝拜的万寿宫今已变作黎民百姓休闲的场所。当年的金碧辉煌，已化作今天的自然雪景，真是"旧时王谢堂前燕，飞入寻常百姓家"了。"七十二级高台上，鸿飞那复计东西。"当年达官贵人的皇家园林，今日大雁可以自由地飞翔。曾广先生是篆刻家、书法家，自有书法艺术家的角度与眼光，用"踏雪寻泥"与"那复计东西"的愿景，寄托着自己的感情，可谓精到、艺术、形象。例如写禹王台"师旷三贤复碧霞"，写繁塔"星辰无声月色微"，写延庆观"几树寒梅带雪红，观前潭影落疏钟"，写包公祠"佛前挑灯问爱憎"，写《清明上河图》"一道神光万境闲"。写铁塔"擎天伟柱真心在"，写相国寺"何处霜钟人夜归"，写三门峡虢国夫人墓"红颜强国梦，万象从此灭"，写观洛阳牡丹园"敢知老来境界空，姹紫嫣红梦中看"，写青岛崂山康有为墨迹石刻"惊涛骇浪皆忘却，赢得庄周梦里看",写步云桥"孤鸟带烟来远树,更觉心晴闻妙香",访岱庙中"向晚十分终更好,笑我踏破苍台廊",写青岛栈桥"灵犀总相通,本来无别处",写北京恭王府"一生几多快乐事,心不闲时居更难"。过新疆博斯腾湖"水天一色芦苇荡,便是人间好去处";写庐山杜鹃花"归来笑指杜鹃花,春在山头闹几分";写深圳"伫立近香港,心同月色静";吊陶渊明墓"一生真伪辨,庄周未可知";登庐山"三更灯火五更起,回头方羡智者闲";写南阳武侯祠"我今迢迢独往来,闲来意尽无会处"。写少林功夫"纵横自如皆真理,禅拳归一付林泉";写西峡恐龙遗址园"六千万年早已过,丹水盆地白云低"。诗人足迹所至,以真挚感情,将万事万物凝于笔端,赋予石头庙宇以生命,激活千年故事,纵横万里文物,贯穿数代灵魂,把浩浩渺渺的中国文化,把博大精深的民族传统,通过具体事物而表现得淋漓尽致,把自己的中华头脑、世界眼光的睿智,和着自己的学识、水平,天人合一地与所遇事物结合起来,使具体物像有了思想,有了生命,有了灵魂。作者与众不同之处在于将炽热的感情,热爱祖国和人民的心态及对祖国山川、河流、地标式物像、文物结合的水乳交融。面由心生,通过这一个个具体物像的联想,生发开去,使自己的诗歌上升到一个看似平白如话、平凡普通,实则胸藏万汇、超凡脱俗,充满禅佛意境的哲理世界,使人在不知不觉、不徐不疾的阅读中沐浴到东方文明的淡雅高贵,这是很难的,非大家不可为之,但曾广做到了。

　　曾广诗集的第二个特点是涉及面广。通观诗集,凡300首,方方面面,林林总总,从古代到当代,从皇家到百姓,从红色到禅宗,从艺术到科学,从内地到边疆,社会生活的方方面面、个人经历的点点滴滴、古代文明的骄傲、佛学禅宗的超脱、经典建筑的雄伟、山川河流的美丽、祖国文化的精深,工、农、商、学、兵;东、西、南、北、中;文学、历史、政治、经济、军事、人文、地理、科技、艺术均有涉猎,且每每以具体物像,挖掘出深刻的社会含义,传递了朴素的理念和明晰的哲学。作者足迹遍布祖国的大江南北、长城内外,南国雨林,黑山白水,西域大漠,东海烟云。足迹所至,都有佳作涌现。

　　七朝古都开封是作者的故乡,月是故乡明,曾广先生对家乡的感情尤为深厚。他数次走遍开封的文物古迹,把一腔激情化作书、印、画、诗,一件件精湛的艺术品,装点着开封的春天,祖国的春天。七朝古都的厚重,造就了勤奋好学又悟性极强的他。书、画、印皆在全国驰名。特别是治印,已被国内权威部门、著名专家推为中华当代篆刻名家。书与画独树一帜,尽领风骚。曾广先生不事张扬,为人低调，其作品大道至简，惜墨如金。其印，大气古朴，独具特色；其诗，饱含哲理，清风明月。伴随着作品的艺术追求，作者从开封出发，走遍河南的山山水水，深厚的开封文化积淀使曾广具有深厚底气，同样厚重的河南文化使曾广从中华民族五千年文明的沃土中成长为参天大树。人生有涯，艺无止境。对艺术，曾广有自己独特的见解。写诗，笔者原以为是曾广的"副业"，是书、印、画的"副产品"，今天看来，不是的。曾广先生的诗从中原出发，写遍祖国的山川大地。例如，写禹州的钧："玉润有真宰，得失岂堪忧。"写永乐宫："远离世俗意，别有一帘明。"写太行山："青青一点无依处，举足方知尽道场。"写海洋馆："天命倦易学，闲心易到禅。"写厦门："涨潮显大鳌，纵横不是尘。"武夷山："入林当时看似我，归山今日我非君。"登浔阳楼："晚霞片片似加雨，乱峰翠微浔阳楼。"写莫高窟："吴带当风韵，天衣飘飘处。"写新疆博格达峰："好将清凉意，指点到人间。"写天山天池："玉女潭如月，人间美如画。"过伊犁河畔："散落如玉牛羊壮，风景似画诗人情。"写沈阳大帅府："一个大帅府，半部民国史。"写山西古魏城："心明境始明，净土国中生。"写泰山玉皇顶："昂头天外玉皇顶，哪知高僧住松巅。"人读物，物读人，师山水，师造化。由专到博，又由博到专，专博互补，至纯至刚，至善至美。祖国的山川河流，数千年的历史积淀，成就了曾广诗歌的静水流深，就像白居易的诗一样，妇孺可解，而成阳春白雪。

曾广先生说："我对大千世界的无尽流动一往情深，溪山无尽，大川横流之宏伟洒脱，最能激起我心中的万般情怀，当我注视那坚砺的石滩、干枯的河床、奔腾的江水与雄伟的高山，寥廓自然的外在秩序与万物生灵的心理秩序之间那深刻而奇妙的对应关系，每每使我激动不已。仿佛那化万为一的最高境界，已活跃于我的胸怀之中。"

曾广诗的第三个特点是超脱，飘逸。诗为心声，郭沫若在全国文代会上谈及作者与作品的关系时说：血脉里流出的是血，水管里流出的是水。思想先进的人，诗也先进；意境高远的人，诗也高远。诗与诗人的关系，不是多产就是诗人，不是少写或不写就不是诗人。诗人气质，诗意栖息，诗化生活，即使他很少写诗，他也是真正意义上的诗人。否则，一个人只为自己考虑，投机钻营，唯利是图，拔一毛利天下而不愿，他就是出 10 本诗集，也不过是多几本语言的垃圾。（高尔基语）与国与民，好处不多。一个人思想坚定，处世飘逸，不事张扬，认真生活，正派做人，他的诗一定耐看，有诗意。禅可入诗，不能说谁的诗中有了禅佛之意就不先进，就不科学，就不和谐了。佛教自汉以降，在中华大地发扬光大，中国佛教已成为我们国学的有机组成部分。对我们继承传统文化，净化自己心灵是有裨益的。禅佛是不影响我们社会主义建设发展的。曾广诗中有禅佛意境的几十首诗，恰好提升了整个诗集的飘逸和超脱，无疑是一个优点。

当然勿忌讳言，这本诗集遣词造句上还有不少可商榷之处、语言的锤炼、诗句的格律、印校的精确，都有待百尺竿头，更进一步，但瑕不掩瑜，有点斑点的苹果，也是苹果，味道鲜美才是重要的。

诗言志。曾广先生，以诗记情，书、印、画三绝，加上诗，四类俱佳，已属难能可贵。他是个有思想的艺术家，在论及篆刻时曾说过："笔墨刀不随时代，无关紧要，要紧的倒是当下手舞墨弄刀的时候，有没有动心的专业素养与积累，以及生活感受的支撑和必要的修炼准备。胡写乱刻妄称意笔，何意之有？况且，中国篆刻在意不在工，如射击不射靶子，纵然潇洒一挥，不过是花架子而已，花拳绣腿，只能唬外行，也不撑时候。""媚俗的作品多半屈从于金钱和权势，或者虚名和奖牌、奖金，也有低俗的审美意识驱使流露。"中外艺术发展史证明，做人比艺术重要，人正则艺正，人诚则诗好。在中华民族艺术史上，人以艺传得少，艺以人传得多，这是历史的规律。

巨峰能相遇，白云犹自闲，我深信，有着如此理念与审美情趣的曾广先生，一定会写出更精更美的诗篇，他的诗、书、画、印会相互辉映地走进春天，走向峰巅。

《新祥符》2013年第4期

秦海涛和他的《蚌病集》

数次为人出书写点什么，都是应邀之作，向来无沉重感、沧桑感，且总有一些大家都高兴的话说，很快便皆大欢喜。这次却不同，海涛把《蚌病集》给我大半年了，我当即答应为他写点文章，每值夜深人静，数次翻阅，都感沉重，提不起笔来。心中沉甸甸的——沧桑感堆积着，堆积着，有很多话要说，又觉得说了也不一定合适。一思二磨，竟拖了下来。不觉中又到了满目金秋。电视台播放着思念、和谐之类的曲子，"但愿人长久，千里共婵娟。"该写了，不能拖过秋天。春的后面不是秋，不能欠一位视诗歌比生命更可贵的诗人的情太久。虽然，过了秋就是冬，冬天来了，春天还会远吗？

认识秦海涛同志近10年了。他在朱仙镇（县二中）教书，他爱读书，有见解，老师当得还很受欢迎。《蚌病集》是他的第二本诗集。全书共收自由体诗139首。内容大都"指向现实，却不为虚浮泛泛之谈，有批判却又极少经自言之，有力度而不流于叫嚣骂訾，可谓婉而多讽"（杨炳麟语），说得中肯实际。秦海涛生就诗人的命，20岁便出版了诗集《日臻斋诗稿》。通观其诗情诗风，以现实主义入诗俱多。写农民卖瓜之艰辛，加之车祸，以命相投，生活之艰，同情之深，跃然纸上；写现实之世俗："有谁知道／我干了多少／背人的私事／贪赃枉法的勾当／被挟持着／我的脸都快丢尽了／究竟是谁谁谁／偷走了并亵渎着我本善良的公心／公众——你们睁大眼睛看吧。"

读着这样并不铿锵的诗句，诗人忧国忧民的情怀表现得淋漓尽致。写时事的、写社会现象的、写感慨的，每每都有不少精句："多少事到此为止／多少事从此开始／多少事——让你一生叹息。"（《多少事》）；"一个故事／往往有着太多的讲法／一段历史／往往有着太多的写法／而／真正的真／常常在黑夜的某个角落里／孤独地冷笑"。（《真》）纵观这139首诗，大部分写了现实社会的不公平现象。也有相当一部分写了人与人之间的，或个人的思想情感。无情未必真豪杰，海涛是个容易动感情的人。这为他作诗人抹亮了底色。对国际上一些小国家人民的不幸，对目之有及的农民兄弟姐妹的深切同情，对一些名人大事的热切关注，都表现出他作为一位诗人的深情厚爱，表现了他对不公的愤恨、对弱小的同情。

诗言志，海涛曾自命"天命诗人铸诗魂"。生活中的海涛，可以说为诗押上了整个生命。他的一生是属于诗的，没有什么困难可以摧垮他的意志。改革开放初期，东风劲吹，百业正举，诗在神州大地迅速火红起来。全国一大批青年诗人脱颖而出。如舒婷、杨牧、徐敬亚、王小妮、叶延滨，及我们河南的孔令更、程光炜、易殿选、王怀让、齐遂林等，可谓群星灿烂。随着改革的深化、观念的转变，近一二十年诗歌好像不红火了，不受欢迎了。我的看法：其实不然！缤纷的生活自有诗情画意的表现形式，伟大的时代必将造就出伟大的诗人和诗篇。一些诗人的无病呻吟和低俗迎合亵渎了诗的高洁神圣与人民性，不是时代抛弃了诗，而是诗人自己出了问题。

我们生活在一个需要诗歌并造就伟大诗人的时代。现实中许多诗人之所以看不到希望，是因为受了浮躁社会流俗的影响，看问题戴有色眼镜，脱离了伟大的时代，也发不出时代最强音，写出的诗句自然灰色隐涩，读者寥寥。诗歌当随时代，做人民的代言人，做生活的放歌者，以建设者的心态入诗，才是当代诗人的胸怀。

沧海横流，方显英雄本色。

海涛具备诗人气质，愿其能始终站在时代前沿，登高望远，在中华民族实现中国梦的伟大实践中写出更新、更美的诗篇。

《新祥符》2013 年第 5 期

哀其不幸 怒其不争

——读小小说《名誉》的联想

发表在《开封教育》（1987年第十一期）上的小小说《名誉》是众多描写教师生活的作品中有独到意义的短篇。我并非说它艺术手法无懈可击，而是指贯穿其整个作品中的那种深沉的正义感，那种让人一读就有一种义愤的深刻内涵。作品中的阮老师勤劳、虔诚、谦让，又唯命是从。两人的自行车相撞，阮老师已经是受害者，但他为了"教师"的名誉，为了保持自己俨然清高的正统，"毫不犹豫地拿出钱"，而且是"冷冷地而不失礼地递过去。看着小胡子满足地走了，这才一本一本，小心翼翼地整理起散乱的作文本"，这是怎样的形象？是高尚，还是可怜？难道这种世俗眼光中的教师形象能适应改革开放的大好形势？

可能会有人说，这正是人民教师高尚的道德品质，错了，那就错了，高尚也是有前提和范围的。如果高尚高到对坏人坏事的忍让，那结果只会助长社会上的不良风气。我感谢作者周纪良同志，他给了我们做教师的一个扪心自问和深深反省的机会。没有对祖国教育事业执着的爱，没有对教师工作细致入微的观察和提炼，是绝对写不出这样的作品的。我想，大部分教师，特别是老教师，大都会从阮老师的形象中找到自己的影子，这正是这篇小说使人看后心中不能平静的主要原因。

行文至此，不禁令人想起鲁迅笔下的"孔乙己"和"阿Q"，鲁迅先生那种"哀其不幸，怒其不争"的精神，我在小小说《名誉》中也看到了，而不同的是，党的十三大会议刚刚开过，教育战线正普天阳光，教师的社会地位也在日益提高。这更需要广大教师的自尊、自重、自爱、自强品质。不错，教师是必须品德高尚的，不高尚不配称为教师。古人尚有"天地君亲师"的遗训，确实，己不正，不能正人，教师确实应当为人师表。只有广大教师自尊、自重、自爱、自强，才能真正获得全社会的尊重。因此，像《名誉》中的阮老师那样去维护教师名誉的做法是不可取的，那样只能产生可悲与可怜。

1987年12月1日

寓伟大于平凡

——读小小说《乡下女人》

读了发表在《人事新闻报》第112期的小小说《乡下女人》，一种崇敬之情油然而生。作者那以情走笔的意境、娓娓道来的方式，给人以深沉而高尚的共鸣。

文中的主人公是婆媳俩，媳妇生孩子未满月，丈夫却在前线壮烈牺牲了。母亲失去了儿子，妻子失去了丈夫，婆媳都处在极大的悲痛之中。小说从一碗荷包蛋入笔，使婆媳俩互亲互敬、心灵美好、品德高尚的形象跃然纸上，使人觉得真实可信。婆婆为了给儿媳补养身子，买来羊肉，但由于她不识字，竟恰好用了刊登有儿子牺牲消息的报纸包着，儿媳是识字的，看到这悲痛的消息，却一时在婆婆面前不显露出来。这个细节用得好，不仅从婆媳俩一个文盲、一个识字上暗示了社会的进步，而且表现了婆媳俩都具有中国妇女坚韧负重、心灵高尚的传统美德。

我们这个民族，历来以勤劳勇敢著称于世。今天，也正是千千万万的普通劳动者，以自己矻矻不息的劳作支撑着我们共和国湛蓝的天空。小说寓伟大于平凡，歌颂了普通人的平凡生活，使每一个读到它的人都能受到心灵的涤荡。

1990年3月4日

矻矻不息乐清贫

——读《丈夫戒烟》

上学时，听语文老师讲方志敏的《清贫》，心中油然升起一种崇高的敬意，深深地被我们的革命先烈高尚的情操、坚强的意志所感动，尔后在生活中不断地模仿；特别在家境困难的时候，想起那清贫、纯洁、朴实的生活，就依然满怀信心、依然精力充沛、依然对前途充满希望。

改革开放使每个人的生活水平都大幅度提高，好像再说清贫一类的话就不大合时宜了，大报小报上也读不到乐于清贫的文章。说真话，当我读到12月15日《开封日报》万家灯火版上《丈夫戒烟》一文，真有一种真理回归的感觉。或许，我们这些乐于清贫兢兢业业、矻矻不息工作的人，难登大雅之堂；或许，由于我们不识时务的憨态，永远也成不了俊杰、成不了气候，但我深信，正是千千万万默默无闻的人，才支撑着我们共和国湛蓝的天空。也正是艰苦朴素的工作作风和生活作风，才是在社会主义制度下，共产党员区别于别人的地方。那些慷国家之慨及钻政策空子的人，即使腰缠万贯又对国家有多大益处？

《丈夫戒烟》一文中的清贫夫妇相依为命、相濡以沫。过日子比树叶还稠，难免会磕磕碰碰，为让丈夫戒烟，更重要的节省开支，俩人吵也吵了，骂也骂了，让步也让了。妻子爱听潘美辰的歌，可惜买不起一盘磁带，并不是没那几元钱，而是每月有许多比听歌重要得多的开支在等待着。人届中年，上有老，下有小，心中又装着工作和事业，于是只好忍痛割爱了。丈夫的心灵也是美的，自己强忍嗜好，少抽烟，给妻子买了一盘磁带，烟瘾发时，躲进厨房去吃辣椒，眼泪都给辣了出来，妻子发现了，心疼得流泪。这是一种多么纯朴、多么高尚的夫妻之情。虽然这里没有一掷千金的豪华，没有气吞山河的壮语，没有潇洒倜傥的风流，但仍然是令人激动、令人佩服。这对相对无言的清贫夫妇，是怎样的一种心灵深处的理解与沟通。他们是热爱生活的，生活也永远不会抛弃他们。

因此，他们是幸福的，像马克思和燕妮，像周文雍和陈铁军……

1990年12月25日

高擎着爱的火把

——读遂林兄诗集《魂归来兮》

不知怎的，读着散发着墨香的遂林兄的诗集《魂归来兮》，我脑海里跳出了毛泽东主席的话：一个人做一点好事并不难，难的是一辈子做好事。写诗亦如此：灵魂激动一次并不难，难能可贵的是心的不间断的震撼、灵魂的不间断的自我超越与搏击。

《魂归来兮》收诗154首。不论是大处着笔，写祖国、写民族、写伟人、写山川；还是小处着眼，写个人、写别人、写花草、写情感，均真情流淌、不事心机，给人以心灵的启迪与拨动。写开封："哦，几千载／被黄河匆匆挟去／十三层的琉璃塔／开封人攀了多少代／头颅／才露出滔滔黄水。"写北方："北方是一位驼背的老人／也许历史太沉重了／她每走一步／都要喘息得黄沙铺天盖地。"写毛泽东："你用五千年的智慧／著出华夏不朽的神话……在茫茫苦海中／填出一个昂起头颅的新中国。"

生活的经历、冷静的观察、心灵的虔诚，加之诗人睿智的大脑的思索，诗人的责任感、同情心跃然纸上。叙事诗《山妹子之死》写得令人惊叹与惋惜，令人去深思这个中原由，令人产生一种坐着谈何如起来行的冲动。不是说文学即人学吗，不是说文学教育人吗，它使人更进一步理解了当年鲁迅、郭沫若为何都弃医从文。

诗人知道："路是脚走出来的／脚却成了路的奴隶／衣服是人设计的／人的曲线反被衣服遮闭。"诗人看到："在别人的眼睛下面／你很安全／在别人的眼睛上面／你最危险。"诗人感汉："满天势利眼／一地绊脚石／朋辈敲门砖／入室碾作泥。"诗人憎恨："我憎恨那子弹射不透的光滑／哪怕／这光滑可砌为财运官运桃花运／运运亨通的台阶。"诗人提醒："爱给人家扒坑的人／自己最容易掉下去。"还有那么多的情诗与写给朋友的诗句……（路卓）

《东京文学》2000年第3期，总第111期

美与真理的回归

——教学园地十四期漫评

也许是多年当教师的缘故，一拿起教育报刊就先翻业务专栏，当我看到1988年3月号《开封教育》教学园地14期办成了美育专版的时候，心中不免一震，美育终于恢复了它应有的地位。学校呼唤美，社会呼唤美，生活呼唤美。美，无时不在，无处不有，而我们学校正是塑造学生美好心灵的神圣地方。我们已经尝够了不按教育规律办事、盲目砍掉美育的苦头，现在确实是重新提倡的时候了。《开封教育》顺应时代潮流，及时推出这个专版是令人欣慰的。

此专版的3篇文章，都写得较有特色。

李树田同志的《美育与各科教学》，从宏观的角度谈了美育在各科教学中的特点，以及各科教学所承担的美育任务，读后使人有高屋建瓴之感。我国古代《中庸》里记载，"修道之谓教"。《学记》中说，"教也者，长善而自救失也""如欲化民成俗，其必由学乎"。说的都是要教书育人，要使受教育者懂得什么是正确，什么是谬误，要使行为合乎天下之道，这里就包含着美育思想。我们的各科教师确实都应把美育落实在自己的行动上，贯彻于日常教学工作中。

晓关的文章则主要谈了美育也是要言传身教的，要使学生有美育意识，首先教师要有。正如文中所说："学校的美育工作要由全体教职工来做，教职工的美育意识如何，决定学校美育的成效。"只有教职工的衣着得体、举止大方、言谈文雅、行为高尚，才能从各方面去教育和影响学生。在学校，教师的身体力行，是无声的命令，是使学生由衷服气的金钥匙。对平时举止言谈不尚留心的教职工是应该读读这篇文章的。

《美育在语文课中渗透》是从具体学科的角度谈如何培养学生的美育意识，记不清是谁说的了：每一位合格的老师，都是一位教育家。孟迎华同志是下了功夫的，从文章中可以看出他是音乐课的行家里手，使学生从他的音乐教学中得到了美的享受。因此，学生积极性很高，鲁迅先生曾经说过："意美以感心，一也；音美以感耳，二也；形美以感目，三也。"

感谢编辑同志,同时也寄望于编辑同志能为美育的具体实施多呼吁几句,因为,学生是未来、是希望,他们懂得了真善美,这世界就会变得更美丽。

《开封教育报》1988年7月15日

山不在高 有仙则名

——《开封教育报》百期漫笔

桌子上放着第 100 期《开封教育报》，那淡淡的油墨清香，使人不由得回忆起它走过的岁月。

古城开封，物华天宝，人杰地灵，自古有着崇尚教育、尊重知识的光荣传统，优越的社会主义制度和改革开放的新形势又使这一古老的光荣传统焕发了青春，《开封教育报》正是在这种客观大趋势下诞生和成长的。

"小荷才露尖尖角，早有蜻蜓立上头。"《开封教育报》从创刊至今，已经出了 100 期，一百是显示成绩的标志，同时又是新的开始，不论怎么说，时至今日，《开封教育报》已经得到了大家的认可。她以自己独特的纯真、丰富的内容、浓厚的地方特色在读者中站住了脚。她易懂而不俗，高雅而不艳，既有开封个性，又有全国深化教育改革的共性。她的内容和作用是其他报纸杂志所无法取代的，尽管她没有大报气派，没有杂志艳丽，她的美就在纯真，世界上的东西总是越纯朴越具真善美，即大巧若拙，大智若愚。

作为《开封教育报》的忠实读者，在这 100 期报纸的阅读中，常常为她的一些好栏目中的好文章而暗自称道。像老诗人陈雨门、德育专家冯恩洪，全国模范班主任任小艾等专家学者都曾在这里与读者促膝谈心，特别是我们开封市在教育改革方面的经验，常给人以耳目一新的感觉。诸如《学校管理》《美育与科学》《校园》《博览》《汴教论谈》《教师信箱》《轻负担高质量讨论》等专栏中的文章，不仅回答了教育上的一些热点问题，而且为精神文明建设做出了贡献。闭目沉思，《开封教育报》真有点"满园春色关不住，一枝红杏出墙来"的味道。

成绩只能说明过去，未来才是新的起点，许是与《开封教育报》编辑部的同志们熟悉的缘故，以刘禹锡的"山不在高，有仙则名；水不在深，有龙则灵"共勉吧，因为我们都是在并不太富裕的条件下努力地工作着。

《开封教育报》1990 年 11 月 5 日第 101 期

后 记

我们赶上了好时代，普天阳光，千帆竞发，百业正兴。

把能找到的诗文结集，也算是敝帚自珍吧。

"苔花如米小，也学牡丹开。"

九岁的孙子韩易桐写了书名。

感谢为此书收集文稿的同事、同学和同志。

感谢编辑和家人。

感谢所有的老师、朋友和遇见。

记得《己亥杂诗》最后说："吟罢江山气不灵，万千种话一灯青。忽然搁笔无言说，重礼天台七卷经。"

请所有读者不吝赐教。

韩芳

2023 年 3 月于京